AF746273

www.ingramcontent.com/pod-product-compliance
Lightning Source LLC
LaVergne TN
LVHW051007051026
849532LV00005B/1852
9789358727272

کالی رات

اور تصورِ شیخ

(دو ناولٹ)

مصنف:

عزیز احمد

© Taemeer Publications LLC

Kaali Raat (2 Novelettes)

by: Aziz Ahmad

Edition: November '2023

Publisher :

Taemeer Publications LLC (Michigan, USA / Hyderabad, India)

ISBN 978-93-5872-727-2

مصنف یا ناشر کی پیشگی اجازت کے بغیر اس کتاب کا کوئی بھی حصہ کسی بھی شکل میں بشمول ویب سائٹ پر اَپ لوڈنگ کے لیے استعمال نہ کیا جائے۔ نیز اس کتاب پر کسی بھی قسم کے تنازع کو نمٹانے کا اختیار صرف حیدرآباد (تلنگانہ) کی عدلیہ کو ہو گا۔

© تعمیر پبلی کیشنز

کتاب	:	**کالی رات** (دو ناولٹ)
مصنف	:	**عزیز احمد**
پروف ریڈنگ / تدوین	:	اعجاز عبید
صنف	:	فکشن
ناشر	:	تعمیر پبلی کیشنز (حیدرآباد، انڈیا)
سالِ اشاعت	:	۲۰۲۳ء
صفحات	:	۵۰
سرورق ڈیزائن	:	تعمیر ویب ڈیزائن

فہرست

تعارف

عزیز احمد اردو فکشن کا ایک معتبر نام ہے۔ ترقی پسند تحریک کے عروج کے زمانے میں انہوں نے اردو میں کئی شاہکار ناول اور افسانے لکھے۔ اردو فکشن کے علاوہ تنقید، ترجمہ نگاری، تاریخ اور اسلامی ادب میں ان کی نگارشات قدر کی نگاہ سے دیکھی جاتی ہیں۔ ایک ایسے دور میں جب کہ اردو فکشن میں منٹو، عصمت، بیدی اور دیگر کا چرچا تھا عزیز احمد نے بھی ناول نگاری کے سلسلے کو جاری رکھا اور اردو ناول کی تاریخ میں وہ ایک ترقی پسند ناول نگار کی حیثیت سے جانے جاتے رہے۔ عزیز احمد کا تعلق حیدرآباد دکن سے تھا۔ لیکن تقسیم کے بعد وہ پاکستان منتقل ہو گئے اور اپنی عمر کے آخری ایام کناڈا میں بسر کئے۔ ۱۱ر نومبر ۱۹۱۳ء کو حیدرآباد دکن میں پیدا ہونے والے عزیز احمد آخر کار ۶۵ برس کی عمر پانے کے بعد ۱۶ر دسمبر ۱۹۷۸ء کو کناڈا میں انتقال کر گئے اور ان کی تدفین کناڈا ہی میں عمل میں آئی۔

یہ کتاب عزیز احمد کے دو ناولٹ بعنوان "کالی رات" اور "تصورِ شیخ" پر مشتمل ہے۔

کالی رات

گرینڈ ٹرنک ایکسپریس دس گھنٹے لیٹ تھی۔ سکندر آباد کے پلیٹ فارم پر انتظار کرنے والوں کا اضطراب بڑھتا جاتا تھا اور جب سگنل گرا تو دلوں کی دھڑکن کئی گنا تیز ہو گئی اور بالآخر قاضی پیٹھ سے وہ گاڑی آ ہی گئی۔ جس میں گرینڈ ایکسپریس کے دو ڈبے کٹ کر حیدر آباد تک آتے ہیں۔ وہ تینوں اس ڈبے کی طرف لپکے جس کے سفید تختے پر حیدرآباد لکھا ہوا تھا۔ ڈبے کی کھڑکیاں بند تھیں۔ ان تینوں کے دل ڈوب گئے کسی کا جھانکتا ہوا چہرہ کسی کھڑکی سے نظر نہیں آیا۔ گاڑی دھکا کھا کے ٹھہری ایک کمپارٹمنٹ کا دروازہ جو اچھی طرح بند نہیں تھا جھٹکے سے خود بخود کھل گیا۔ تینوں میں سے سب سے چھوٹے بھائی نے لپک کے کھلے ہوئے دروازہ کے اندر قدم رکھا۔ اوپر ایک ٹوٹی ہوئی ٹوکری رکھی تھی۔ اس کے سوا کسی قسم کا سامان نہ تھا۔ کوئی جاندار، کوئی آدمی اس ڈبے میں نہ تھا اور فرش پر نشستوں پر، لکڑی کی دیوار پر خون کے دھبے ہی دھبے، جمے ہوئے سیاہ خون کے، جس پر راستے بھر خاک اور غبار نے استر کاری کی تھی۔

اب باقی دونوں بھائی بھی اندر جھانک کر یہ منظر دیکھ چکے تھے۔ ناامیدی سے آخری مقابلے کے لئے اس امید کو بر قرار رکھنے کے لئے کہ ممکن ہے وہ لوگ دلی سے روانہ ہی نہ ہوئے ہوں ، تینوں نے مسافروں کے نام پڑھنے شروع کئے دھول سے اٹے ہوئے کارڈوں پر نام صاف اور نمایاں تھے۔

مسٹر باقر علی خاں

مسز باقر علی خاں

مس باقر علی خاں

مسٹر سکندر علی خاں

اور قریب ہی فرسٹ کلاس کوپے پر جو کارڈ تھا۔ اس دلہا دلہن کا نام صاف صاف درج تھا۔ مسٹر، مسز تہور علی خاں۔ کوپے کا دروازہ کسی رحمدل گارڈ نے مقفل کر دیا تھا۔

گارڈ آیا اور اس نے بیان کیا کہ دہلی اور متھرا کے درمیان گرینڈ ٹرنک ایکسپریس پر حملہ ہوا تھا۔ تینوں بھائیوں کے دل ڈوب گئے۔ جب صدمہ ایسا شدید ہو تو نشتر کی تیزی اپنا اثر یکبارگی نہیں کرتی۔ پہلے تو معلوم ہوتا ہے کہ اعصاب اور دماغ کی سمجھ میں کچھ نہیں آیا۔ امید، ناامیدی کے یقین کے مقابل اپنا دھندلا چراغ جلتا رکھنا چاہتی ہے۔ ممکن ہے ان سب کے نام کے کارڈ لگ گئے ہوں۔ مگر یہ اس ٹرین سے روانہ نہ ہوئے ہوں، دہلی میں تین چار دوستوں، پاکستان ہائی کمشنر اور حکومت ہند کے ایک افسر کو جوابی تار دے کے تینوں بھائیوں نے یہ تصفیہ کیا کہ ان میں سے ایک سب سے چھوٹا غضنفر ہوائی جہاز سے دہلی جائے شاید کوئی سراغ ملے۔

اور جس وقت یہ تینوں بھائی اسٹیشن کے تار آفس سے تار دے رہے تھے۔ ایک سکھ ایک بابو سے پوچھ رہا تھا۔ بابو بنگلور کی گاڑی کس پلیٹ فارم سے جاتی ہے، بابو نے اسے جلدی سے کچھ جواب نہ دیا۔ اس سکھ کے کپڑے میلے تھے کیس اور پگڑی پر دھول جمی ہوئی تھی۔ صرف قمیض اور شلوار پہنے تھا۔ کمر کے گرد ایک پٹکا تھا۔ جس سے کرپان بندھی ہوئی تھی۔

وہ ٹہلتا ہوا دوسرے سکھ کے پاس آیا جس کا حلیہ اس سے ملتا جلتا تھا اور اس سے پنجابی میں کچھ کہنے لگا پھر دونوں نے گٹھڑیاں اٹھائیں اور دو جھکی ہوئی برقعہ پوش شکلیں جو

ان کے ساتھ تھیں انہیں کہنیاں ماریں۔ دونوں شکلیں ان کے پیچھے پیچھے چلیں۔

خفیہ پولیس کے دو جوان دیر سے ان کی طرف تاک لگائے تھے، اب وہ ریلوے پولیس کے دو کانسٹیبلوں سمیت ان کے سامنے آ گئے۔

"سردار جی! تم سکھ ہونا! تمہارے ساتھ یہ برقعے والیاں کیسی؟"

اکھڑ پنجابی میں ایک سکھ نے جواب دیا" ہماری عورتیں پردہ کرتی ہیں۔"

خفیہ پولیس والوں کو تشفی نہیں ہوئی۔ انہوں نے اپنے انسپکٹر کو پہلے ہی اطلاع کر دی تھی۔ کانسٹیبلوں نے کہا۔"ہم ان عورتوں سے پوچھنا چاہتے ہیں۔ یہ کون ہیں۔"

اس مرتبہ سکھ نے اُردو میں جواب دیا۔ یہ عورتیں پنجابی جانتی ہیں اور اُردو نہیں جانتیں اس پر حجت ہونے لگی۔ خفیہ پولیس کا ایک نوجوان اسسٹنٹ سٹیشن ماسٹر کو بلا لایا جو پنجابی تھا۔ اس نے پنجابی میں پوچھا مگر عورتوں نے جواب نہیں دیا اور اب دونوں سکھ ذرا ذرا بوکھلانے لگے۔

ریلوے پولیس کے انسپکٹر نے موقع پر پہنچ کر ان دونوں عورتوں کو زنانہ وٹینگ روم میں بھجوایا، وہاں جب ان عورتوں کے برقعے اتارے گئے تو دو خوبصورت جوان لڑکیاں نکلیں جن کے ہاتھ پیچھے بندھے ہوئے تھے اور جن کے منہ کو رومالوں سے بند کر دیا گیا تھا۔ ان میں سے ایک تو وہیں بیہوش ہو کے گر پڑی۔ دوسری نے چندھیائی ہوئی آنکھوں سے زنانہ وٹینگ روم کی طرف دیکھ کر کہا۔"پانی!"

اور پھر ان لڑکیوں نے اپنی پپتا سنائی۔ وہ فیروز پور کے ایک زمیندار گھرانے کی لڑکیاں تھیں۔ شام تک افواہیں ہی افواہیں تھیں۔ رات کو ست سری اکال کے نعرے لگے، شور ہوا برچھے اور کرپان چمکے، باپ بھائی سب مارے گئے، یہ دونوں مال غنیمت بن گئیں اور اس کے بعد یہ دونوں سکھ انہیں شہر سے شہر لئے پھرتے تھے۔

پولیس کی سختی پر دونوں نے بھی اقبال جرم کیا۔ وہ چک لالہ کے قریب بڑھئی کا کام کرتے تھے، دونوں بھائی تھے، مسلمانوں سے ان کا یارانہ تھا۔ پھر کچھ گڑبڑ شروع ہوئی، وہی جو ان کے دوست تھے انہوں نے ان کا گھر لوٹا۔ ان کی عورتوں کو ان کے سامنے بے عزت کیا۔ ایک سکھ نے سسکیاں لے لے کر کہا کہ اس کے سامنے اس کی عورت کی چھاتی کاٹ ڈالی گئی اور اس کے بعد باقی ماندہ زخمی سکھوں کا سفر شروع ہوا۔ میلوں کا سفر، ہزاروں کا سفر، سفر جس میں بھوک تھی موت تھی طلب تھی۔ پھر آزاد پاکستان کی سرحد ختم ہوئی۔ آزاد ہندوستان کی سرحد شروع ہوئی۔ یہاں فیروز پور کے قریب لوٹ ہو رہی تھی۔ یہ بھی لوٹ میں شریک ہو گئے اور ان دو مسلمنیوں کو لوٹ کا مال بنا کے لے چلے، انہوں نے سنا تھا کہ بنگلور میں فرنیچر اچھا بنتا ہے اور وہ ادھر ہی کے ارادے سے نکلے تھے۔

تینوں بھائیوں نے رات کو کھانا نہیں کھایا، تینوں کو یا تو نیند نہیں آئی یا ایسی نیند آئی جس میں اور بیداری میں کوئی فرق نہیں۔ ہر چیز غیر یقینی اور مبہم تھی، ہندوستان کے اخبارات سے تو یہی معلوم ہوتا تھا کہ دہلی میں معمولی سا فساد ہے۔ پاکستان ریڈیو احتیاط برت رہا تھا۔ صرف بی بی سی سے دہشت ناک خبریں آتی تھیں اور ہندوستانی بھائی بی بی سی کی بدنیتی کا دکھڑا رو رہے تھے کہ دہلی کے اتنے معمولی سے واقعے کو افسانہ بنا دیا۔ یہ سب تھا مگر تینوں بھائی غیر جانبداری سے دہلی کے واقعات کا اندازہ نہیں لگا سکتے تھے، اس مرتبہ ان کی اپنی رگیں، نبضیں، اعصاب، خون کی گردش متاثر تھیں، اس سے پہلے کلکتہ میں فساد رہا، بمبئی میں فساد رہا، وہ افسوس کرتے رہے غضنفر بمبئی تھا فساد ہوا۔ وہ سینما سے باہر نکلا تو چاروں طرف پتھر برس رہے تھے۔ ہندو پتھر مسلمان پتھر، بت پرستوں کے پتھر اور خدا پرستوں کے پتھر۔ اس نے یا علی مشکل کشا مدد کہہ کے ایکسیلیٹر دبایا۔ ایک

پتھر ونڈ اسکرین سے کوئی نصف انچ کے فاصلے سے نکل گیا۔ اس نے ایکسیلیٹر اور زور سے دبایا اور لالا یانہ فارسی کا ایک فقرہ اس کے ذہن میں تھا۔ جس پر بچپن میں ہنسا کرتا تھا۔ "یک ڈھیلا سن سنات من منات رسید کردم کہ اگر گچیانہ مٹکائے تولیت تو سر شکستہ بود" سوڈے کی بوتلوں اور تیزاب سے البتہ ڈر معلوم ہوتا تھا۔ مگر یا علی مشکل کشا مدد، بمبئی میں فساد ہوا تو کیا ہوا۔ یہی نا کہ بسوں نے راستہ بدل دیا۔ "ب" روڈ کی بسیں میرین ڈرائیور کے راستے چلیں۔ چلو سمندر کی ہوا کھاؤ گلیوں میں کہیں فساد ہو رہا ہو گا۔ ہونے دو۔

پھر پنجاب میں فساد ہوا۔ کیا مارا ہے کیا مارا ہے۔ اس وقت تک یہ تین بھائی نہیں تھے پانچ بھائی تھے۔ پانچوں خوش تھے کہ واہ وا مسلمانوں نے سکھوں کو کیا مارا ہے۔ ہندوؤں کو کیا مارا ہے، یہ سب پنجاب کے مسلم لیگ کا کارنامہ ہے، افتخار حسین خاں ممدوٹ، ان کا نہیں۔ اچھا تو پھر میاں افتخار الدین کا؟ اچھا وہ بھی نہیں تو پھر بیگم شاہنواز کا اور سر فیروز خاں نون کی انگریز بیگم، بھائی وہ تو غضب کی دلیر عورت نکلی، اچھا ان میں سے کسی کا نہیں ؟تو پھر میجر خورشید انور کا کارنامہ ہے۔ بھئی ہم مانے لیتے ہیں۔ یہ پنجابی مسلمانوں کا کارنامہ ہے، اقبال کی وہ نظم ہے نا۔

اور اپریل میں جب غضنفر لاہور گیا تھا تو کیا دھاک تھی، مگر ہندو اور سکھ جوابی حملے کی تیاری کر رہے تھے، وہ سروپ شوری کا اسٹوڈیو دیکھنے ملتان روڈ لاہور سے سات میل دور گیا۔ اسٹوڈیو وغیرہ سے دلچسپی کسے تھی، ان دنوں وہ کلجیت کور کے چکر میں تھا جس نے منورما کی سنبھالی تھی۔ بچارے شوری نے ایک اسٹوڈیو جلنے کے بعد دوسرا بنایا تھا اس کی ہمت کی داد دینی ضروری تھی۔ کیا اب بھی اس کی جورو ایکٹرسوں سے اتنا ہی جلتی تھی اور پھر سروپ شور نے اسے دوسرے دن کھانے پر بلایا۔ مال پر اس چھوٹے ریستوران میں، کیا نام تھا اس کمبخت ریستوران کا وہاں وہ عجیب وغریب جوڑا تھا۔ سعید جس نے اس

سکھ لڑکی شیلا سے پندرہ برس ہوئے شادی کی تھی۔

اور شیلا کا ہسٹریا۔ گرٹن کی تعلیم کو، کیمبرج کی قلعی کو، بین الفرقہ جاتی شادی اور متاہل زندگی کو صرف چند ہفتوں کی اس لڑائی نے ملیامیٹ کر دیا تھا۔ جس میں اس کے ماں باپ کے فرقے پر اس کے شوہر کے فرقے نے عارضی طور پر فتح پائی تھی۔ وہ جانتی تھی کہ غضنفر کم سے کم نام کی حد تک مسلمان ہو گا۔ پھر بھی اس نے پورک پر اسرار کیا۔ اس نے غضنفر سے پوچھا۔ وہ کس قسم کا مسلمان ہے۔ گرومان (اعتقاد والا) یا پراتیکاں (عمل والا) اس نے کہا اس مرتبہ وہ گولر وادی جائے گی۔ جہاں "تھینک ہیون ایک بورڈنگ ہاؤس کا اشتہار آیا ہے کہ صرف اعلی درجے کے ہندو اور سکھ خاندان رہ سکتے ہیں۔" اس نے کہا۔ "کبھی کبھی مجھے شبہ ہوتا ہے کہ سعید بھی مسلم لیگر ہے۔ حالانکہ آپ کو معلوم ہے۔ ہم دونوں کا کوئی مذہب نہیں، ہماری سول میرج ہوئی ہے۔ ہم انسان ہیں۔" پھر ایک مشہور مسلمان لڑکی کا ذکر آیا تو وہ کہنے لگی۔ جانتے ہو وہ سعید سے شادی کرنا چاہتی تھی۔ مگر میں مضامین پیپلز ایج میں آئے ہیں۔ وہ بمبئ والے رومیش چندر ہیں۔۔۔۔ مگر میں بھی پارٹی کا رکن ہوں، پارٹی آفس آئے۔۔۔۔ روپ کہہ رہی تھی۔ "بھائی نان وایولنس آپ کا کیا خیال ہے۔ ایک پارٹی اگر وایولنس کرے یا نان وایولنس۔۔۔۔" بچارے روپ کی بچاری جلتی بھنتی ہوئی۔ ایکٹرسوں کی بازاری کشش کی دائمی رقیب گریجویٹ بیوی سے باتیں کرتے کرتے رومیش چندر نے غضنفر سے کہا۔ "آج میرے پاس بھی کچھ لوگ آئے تھے کہہ رہے تھے مسلمانوں سے بدلہ لینا ہے۔ چار ہی آنے چندہ دے دو۔ میں نے پہلے تو انہیں سمجھایا۔ جب انہوں نے کسی طرح نہیں مانا تو میں نے کہا۔

"مجھے تیس روپیہ تو تنخواہ ملتی ہے۔ اس میں سے تمہیں کیا دوں۔"

پھر باتوں باتوں میں کسی نے کہا۔ "نہنگ"

غضنفر نے پوچھا"نہنگ کیا؟"

رومیش نے جواب دیا"جی یہ ذرا سر پھرے سکھ ہوتے ہیں، معلوم ہے امرتسر کے ہنگامے کے متعلق یہ کیا کہتے ہیں، جب مسلمانوں نے حملہ کیا یہ لوگ کسی میلے میں گئے تھے ورنہ مزا چکھا دیتے۔" اور پھر رومیش پورے ہندوستان کی مجموعی حماقت پر ہنسا۔

"اور سکھا۔" مسز سعید نے کہا۔ "اور اب یہ دعوی ان کانوں پر سننا پڑتا ہے کہ مسلمان بھی بہادر ہوسکتے ہیں۔"

"وایولنس، نان وایولنس۔"

"پرو تما داس گپتا۔"

"میں نے اپنے کانوں سے پاکستان ٹائمز کے دفتر سردار شوکت حیات خاں کو میاں افتخار الدین سے یہ کہتے سنا کہ سکھوں نے بارہ لاکھ کی جیپ اور لاریاں خریدی ہیں۔"

"پٹیالہ"

"بہاولپور۔"

"ہم لوگوں نے یہ طے کیا تھا کہ تانگوں ہی پر نہ بیٹھو پیدل چلو، لاہور کے سالے سب تانگے والے مسلمان ہیں۔"

"کلجیت کور۔"

"نہیں کافی، کچھ نہیں۔۔۔۔"

اور ٹرین پر جب وہ ایک فرضی نام ڈی ڈی سلوا بتا کر شملہ جا رہا تھا تو وہ لالہ کس مزے سے تیاریوں کا ذکر کر رہے تھے۔ "لاہور میں ہم صرف دفاعی لڑائی لڑیں گے۔ لیکن امرتسر سے لے کر دہلی تک ایسا مزہ چکھائیں گے کہ چھٹی کا دودھ یاد آجائے۔"

شملہ میں غضنفر کا اصل نام سب کو معلوم تھا لالہ جی اسے آخر تک ڈی سلوا ہی کہتے

رہے، خیریت ہوئی ورنہ بیچاروں کو کیسا صدمہ ہوتا کہ دشمن سے سارا کچا چٹھا کہہ دیا تھا۔

رات کو غضنفر کو باقی دونوں بھائیوں کی طرح نیند آئی، کس قدر واہیات نے سعید کو چھین لیا اور جانتے ہو سکھ چاہتے نہیں لے کے رہتے ہیں" اور اس پارٹی میں او میش چندر سے۔۔۔جی میں وہ او میش چندر نہیں جس کے بے معنی مہمل سی بات تھی کہ شام کو گرینڈ ٹرنک ایکسپریس کا ڈبہ اس کے ماں باپ بھائیوں کے خون سے رنگا ہوا تھا اور وہ سروپ شوری کی پارٹی اور پنجاب کے ہنگاموں کی دوسری قسط کی تیاری کے قصے یاد کر رہا تھا۔ لیکن نشتر چبھتا رہا اور دماغ کو بے معنی مہمل چیزوں کی یاد آتی رہی اور اگست کی آخری تاریخوں میں امجد۔۔۔ اپنے آپ کو آزاد مسلمان کہتا ہے نیشنلسٹ۔ کسی نے مجھ سے پوچھا کہ یہ آزاد مسلم کیا ہوتے ہیں۔ میں نے کہا مادر پدر آزاد۔۔۔امجد نے کہا دیکھو اب مشرقی پنجاب میں تمہارے مسلمان پٹ رہے ہیں، اب دیکھو ہندو اور سکھ کیسی مار مار رہے ہیں۔

امجد پر اس کا خون کھولنے لگا اور نشتر پھر جگر کے آرپار ہو گیا۔ ماں باپ، بھائی بہن ریل کے ڈبے میں خون کے چھینٹے، خون کے چھینٹوں پر گرد، کارڈوں پر نام، ناموں پر گرد۔

ہندوستان کی تمام ریل گاڑیوں میں کوئی گرینڈ ٹرنک ایکسپریس سے زیادہ نامعقول نہیں۔ جس طرح ترکی یورپ کا مرد بیمار تھا۔ یہ گریٹ انڈین پے نن سلا چزیل ریل گاڑیوں کی زن بیمار ہے، کوئی سیاسی بحران ہو کوئی ہنگامہ، سب سے زیادہ اثر اس پر ہوتا ہے۔ اس کے وجود کی ذمہ داری اور کئی حماقتوں کی طرح مرحوم سر اکبر حیدر پر ہے جنہوں نے قاضی پیٹھ اور بلہار شاہ کے درمیان لائن بنوائی۔ اس کے بعد کچھ دنوں تک تو یہ ایکسپریس منگلور سے مدراس ہوتی ہوئی پشاور تک سسکتے ہوئے سانپ کی طرح رینگ

جاتی تھی، پھر انتہائی شمال اور انتہائی جنوب کی کمپنیاں اس کے رینگنے اس کی مکوڑا چال سے عاجز آ گئے۔ یہ صرف مدراس سے دہلی تک لنگڑاتی ہوئی چلتی رہی مگر ہر قدم پر بیمار، کوئی اور ٹرین گزرنے والی ہو یہ بچاری چھوٹے موٹے اسٹیشن پر بھکاریوں کی طرح کھڑی ہے۔ 1942ء کے ہنگاموں میں تو اس کا حال ہی نہ پوچھو۔ چوبیس چوبیس گھنٹے لیٹ ہو جاتی تھی۔ بھلا کہیں یہ ممکن تھا کہ بھارت ماتا کو آزادی کا سرسام ہو جائے اور گرینڈ ٹرنک ایکسپریس اس سے متاثر نہ ہو۔

پرانی دلی کے اسٹیشن پر میر باقر علی خاں اور ان کے اہل و عیال کی جان میں ذرا جان آئی کہ اب دلی سے نکلے اور جان بچنے کی امید بندھی۔ پلیٹ فارم نمبر 9 پر ان کے وطن جانے والی گاڑی کھڑی تھی۔ شہر میں جو ہنگامہ تھا اسٹیشن بھی اس سے متاثر تھا۔ مگر اتنا زیادہ نہیں، پولیس بہت تھی اور اسے دیکھ کر ڈھارس بندھتی تھی۔ وہیلر کے بک اسٹال پر سستے رسالے اور ان سے زیادہ سستے ناول اسی طرح پڑے تھے، قلی اسی طرح ٹھیلے دھکیل رہے تھے۔ مدراسی رجمنٹ کے سپاہی پتوں میں دال چاول کھا رہے تھے پلیٹ فارم پر اسی طرح تھوک، قے اور ہر طرح کی مرکب غلاظت کا لیپ تھا۔ ای۔ آئی۔ آر کے ہر ڈبے اور بی بی اینڈ سی آئی کے ایئر کنڈیشنڈ ڈبوں کو دیکھ دیکھ کر یقین نہیں آتا تھا کہ یہاں بھی تمدن دم توڑ رہا ہو گا، ان سب کی نشستیں محفوظ تھیں، وہ دو دن کے بھوکے پیاسے تھے۔ مگر اسٹیشن پر انہیں کچھ کھانے کو تو ملا اور اس میں کوئی شک نہیں کہ کچھ سکھ اور کچھ غنڈے جو غالباً راشٹریہ سیوک سنگھ کے ہوں گے ڈبوں کے اطراف چکر مار رہے تھے، مگر اب وہ ان کا کیا بگاڑ سکتے تھے، کوئی دم میں ریل چلے گی اور ان غنڈوں کے دسترس سے باہر ہو جائیں گے۔

وہ خود بچ گئے تھے۔ یہ ایک معجزہ تھا۔ ان دنوں میں انہوں نے کیا کیا دیکھا اور کیا کیا

سنا تھا، ان میں سے ہر ایک کو ایک خاص واقعے سے دلچسپی، عبرت اور وحشت تھی۔ ان میں سے ہر ایک نے ایک ہولناک واقعے کو اس پورے خواب پریشاں کی انتہا سمجھ کے چن لیا تھا۔

بلوچ رجمنٹ کے سپاہی جو انہیں موت کے منہ سے نکال لائے تھے۔ انہیں کیسے کیسے واقعات سنائے گئے تھے۔ سکینہ کا دل لرز اٹھا۔ وہ ریل کے ڈبے کے کارڈ کی مس باقر علی خاں تھی۔ بیس سال مثنویوں اور غزلوں کی معشوقہ سے چھ سال بڑی۔ اس چھ سال کے عرصہ میں اس نے بی اے کر لیا تھا اور بی ٹی کی تیاری کر رہی تھی۔ ان فسادات کے زمانے میں وہ اکثر سوچتی رہتی کہ ابسن کی ہلڈا کی طرح کیا سچ مچ اٹھا کے لے جائے جانے میں لطف آتا ہو گا۔ پھر اسے مزید تفصیلات کا علم ہوا اور یہ لطف ختم ہو گیا۔ مثلاً ایک بلوچی سپاہی نے اس کی موجودگی میں اس کے باپ کو یہ قصہ سنایا کہ اکثر عورتوں کو خراب کرنے کے بعد ان کی چھاتیاں کاٹ ڈالی جاتی ہیں یا کرپان سے ان کے شکم کو چیرا جاتا ہے یا کبھی کبھی ایسا بھی ہوتا ہے کہ عورت کے سامنے اس کے مرد یا باپ کو مارا جاتا ہے اور ان کے اعضاء اس کے منہ میں گھسیڑے جاتے ہیں۔ ابسن کی ہلڈا کے راملنگ بہت شریف تھے، وہ عورتوں کو اٹھا کے چھوٹی چھوٹی طاؤس نما کشتیوں میں امریکہ کی سیر کرانے لے جاتے تھے جہاں سے ابھی تک ہالی ووڈ کی فلم، آتشک کے جراثیم اور امریکی سیاح پرانی دنیا نہیں آئے تھے۔

سکندر پر ایک اور خاص واقعے کا اثر تھا۔ میر اداد روڈ پر ایک چھوٹے سے مکان میں دو بہنیں اکیلی رہ گئیں، دروازے ہی پر عابدہ کا شوہر مارا گیا۔ عابدہ حمل سے تھی، وہ کہیں بھاگ نہ سکی۔ لیکن زاہدہ کوٹھے پر چڑھ کے منڈیر سے دبک گئی اور نیچے تماشا دیکھتی رہی، کچھ لوگ سامان نکالتے اور لوٹتے رہے، چبوترے پر عابدہ ننگی کی گئی۔ اس کے اطراف

آٹھ وحشیوں کا ہجوم تھا، جن کی داڑھیاں اور پگڑیاں ان کی خباثت کا جزو معلوم ہوتی تھیں۔ عابدہ حمل سے تھی۔ ایک ایک کر کے انہوں نے عابدہ کو خراب کیا یہاں تک کہ اس کی چیخیں گھٹ گئیں، سسکیاں بند ہو گئیں۔ آنکھیں ساکت ہو گئیں۔ وہ بے حس و حرکت ہو گئی۔ زاہدہ سے دیکھا نہیں گیا مگر وہ دیکھتی وہیں اوپر سے منڈیر کی آڑ سے اور جب وہ ساتواں آٹھواں اپنا منہ کالا کر چکے تو دو تین تو ہائیں ہائیں کرتے رہے مگر ان میں سے ایک نے کرپان کھینچ کے شرمگاہ سے حلق تک عابدہ کا جسم چاک کر دیا۔ زاہدہ کی نگاہوں کے نیچے دنیا گھوم گئی۔ یہ زمین یہ دھرتی ماتا چکر کھانے لگی اور چکر ذرا تھما تو اس نے ایک ہی لحظہ کے اندر طے کر لیا کہ تھمے کیوں، مگر وہ گرے تو اس طرح گرے کہ کسی کے ہاتھ نہ آئے، مثلاً خون میں لت پت ہونے کی وجہ سے عابدہ کتنی کراہت بھری معلوم ہو رہی تھی۔۔۔۔ اس کی سگی بہن سہی۔۔۔۔ عابدہ، میری آپا۔ چشم زدن زاہدہ نے پھر طے کر لیا۔ چبوترہ پتھر کا تھا اگر وہ سر کے بل کود ے تو کلیجہ پاش پاش ہو جائے گا۔ ان حیوانوں میں سے کوئی اسے ہاتھ نہ لگائے گا۔ چشم زدن میں اس کا بھیجا پاش پاش ہو گیا۔ ایک فاتحہ نے دوسرے سے "سوہنی کڑی" کے متعلق کچھ کہا، دوسرے نے اسے جواب میں ماں کی گالی دی کہ اس کی صورت تو پہچانی نہیں جاتی تجھے کیا معلوم سوہنی تھی یا کیسی تھی، جب بلوچ سپاہی تخلیہ کرانے پہنچے تو بہت دیر ہو چکی تھی اور سکندر نے ان دونا معلوم بہنوں کے نام عابدہ، زاہدہ رکھے، یہ نہ سہی اور نام سہی۔ اصغری، اکبری، جمال آراء، حسن آراء، ناہید جہاں، خورشید۔۔۔۔ کوئی نام سہی۔۔۔۔ ان کا انسانی حافظہ میں زندہ جاوید ہونا ضروری ہے۔

دہلی اور متھرا کے درمیان ریل گاڑی رکی۔ روک لی گئی، اس سے پہلے بھی ریل گاڑیاں رکی ہیں۔ ہزاروں مرتبہ۔ سگنل نہیں گرا، بھینسیں گزر رہی ہیں۔ کسی نے زنجیر

کھینچ لی، کیا ہوا۔ ہوا یہ کہ سینکڑوں راہزن تھے۔ چمکتی ہوئی کرپانوں کا میلہ لگا ہوا تھا راشٹر یہ سیوک سنگھ والے اسٹاف کا کام کر رہے تھے۔ اہم ترین کام یہ تھا کہ مسلمانوں کو ریل سے اتار لیا جائے۔ معلوم ہوتا تھا چھوٹی چھوٹی جھاڑیوں سے ہزاروں بارو سفر اتارنے والے کیڑے ابل آئے اور انہوں نے انسانوں کی ہیبت اختیار کر لی۔ جے ہند "ست سری اکال" "جے بلی دیو" شور پکار۔ شکار کا شور۔ قصابوں کا نعرہ، بکروں کی آوازیں، جو اتر نہیں رہے تھے۔ ان پر ویسے ہی کرپانوں اور تلواروں کے وار ہو رہے تھے۔

تہور نے اپنے کوپے کو اندر سے مقفل کر لیا تھا۔ کھٹ کھٹ اور گالیاں اس کی نئی نویلی دلہن جو ہفتہ بھر پہلے بیاہ کے آئی تھی اس سے چمٹ گئی۔ معرکہ کربلا میں شادی کا سماں تھا، ہزاروں انیس اور دبیر مرثیے پڑھ رہے تھے، مرثیے، نوحے، سوز کربلا ہی کربلا۔ اسلام زندہ ہوتا ہے ہر کربلا کے بعد۔ مگر اس وقت زندگی کے کوئی آثار نہ تھے، کوئی اُمید نہ تھی، چھن سے کھڑکی کا شیشہ ٹوٹا۔ دلہن جس کے مانگ افشاں پر پسینہ کے بڑے بڑے قطرے ابھر آئے تھے جیسے تارے غرقاب ہو جائیں تھر تھر کانپ رہی تھی۔ اب تہور اور اس کی دلہن اور ان باہر کے وحشیوں کے درمیان صرف دبیز شین کھڑکی حائل تھی۔

***

تصورِ شیخ

جاڑوں کے دن تھے۔ میاں واجد نے کرتے کے دامن سے اپنی سڑ سڑ بہتی ہوئی ناک پونچھی۔ صدری کا پیچ کا بٹن ٹوٹ گیا تھا۔ ایک ہاتھ اپنی صدری کے اندر ڈال کے جسم کھجانے لگے۔ دوسرے ہاتھ سے خشخشی بالوں سے بھرا ہوا، کالا کیسر و سر کھجایا۔ میاں واجد کی عمر اب کوئی چودہ سال کی ہو گی، مگر ان کے کالے چیچک زدہ چہرے پر جوانی کی بہار صرف کالے بدنما رونگٹوں کی شکل میں نمودار ہو سکی تھی۔

آمنہ باجی ان کی بڑی پھوپھی زاد بہن کی آواز باورچی خانے سے آئی۔ "واجد ذرا منہ ہاتھ تو دھو۔ آدمی بنو۔ تمہارے بھائی درگاہ شریف سے آتے ہوں گے۔۔۔۔ ارے سکینہ او سکینہ چل بیٹا جلدی سے دستر خوان بچھا۔"

میاں واجد نے پھر آنکھیں ملیں۔۔۔۔ صبح اٹھنے اور حوائج ضروری سے فارغ ہونے کے بعد سے اب تک وہ برابر کھجانے اور آنکھیں ملنے میں مصروف تھے۔ پھر باورچی خانے جا کے انہوں نے آمنہ باجی سے گرم پانی مانگا۔ اس نے اپنے ملگجے بادامی دوپٹے سے کیتلی پکڑ کے تھوڑا سا پانی ان کے لوٹے میں ڈال دیا۔ یہ باورچی خانے کے آگے ہی موری کے کنارے پیڑھی بچھا کے دانت مانجھنے لگے اور کوئلے کی سیاہی سے تھوڑی ہی دیر میں ان کے دانتوں کی رنگت بھی ان کے چہرے کی سی ہو گئی۔

یہ موری گھر کے اندرونی آنگن میں بڑی خصوصیت رکھتی تھی۔ باورچی خانے، غسل خانے، پاخانے سب کی غلاظت اسی سے ہوتی ہوئی بہتی تھی اور اس کا رنگ بدلتا جاتا

تھا۔ گرمیوں میں تو خیر اس کی بدبو ناقابل برداشت ہوتی لیکن جاڑوں میں بھی سوائے اس گھر کے رہنے والوں، مکھیوں اور کلبلاتے ہوئے کیڑوں کے، کوئی اس موری کو نظر بھر کے دیکھ نہیں سکتا تھا۔ غزل کے پہلے اور دوسرے مصرعوں کی درمیانی خالی جگہ کی طرح یہ آنگن کے بیچوں بیچ بہتی تھی اور گرمیوں میں جب پلنگ باہر ڈالے جاتے تو کبھی یہ کسی کے سرہانے بہتی کبھی کسی کے پاس پائنتانے۔ اس گھر کے رہنے والوں کو اس سے مفر نہیں تھا۔ جس طرح شاعر کو قافیے اور ردیف سے نجات نہیں۔

گھر کی ساخت وہی تھی جو وسط یوپی کے دیہاتوں میں عام ہے۔ سڑک کے کنارے دو کمرے تھے۔ جن پر چونا پڑا تھا۔ دونوں صاف تھے۔ دونوں میں تخت بچھے تھے اور تختوں پر گاؤ تکیہ اور چاندنی کا فرش تھا۔ ان میں سے ایک دیوان خانہ تھا، دوسرا مہمان خانہ، دونوں میں ایک بڑا سا دروازہ تھا اور اندر آنے کی گلیاری۔ ان کمروں کے بعد مردانہ صحن آتا تھا، جس میں ایک چبوترہ تھا۔ جس پر گرمیوں میں گرم گرم خاک رہتی اور برسات میں لانبی لانبی گھانس اور طرح طرح کے کیڑے اور کبھی کبھی ایک آدھ گرگٹ۔ سیدھے ہاتھ پر ایک بڑا سا کمرہ تھا۔ اس کے بعد ایک گلیاری جس پر ٹاٹ کا پرانا پھٹا ہوا پردہ پڑا رہتا۔ اس پردے کے بعد زنانہ آنگن تھا، جس میں یہ مشہور و معروف موری بہتی تھی۔ زنانے صحن میں تین طرف دالان تھے اور دالان کے ساتھ دو دو کوٹھڑیاں اور ایک طرف جدھر ٹاٹ کا پردہ تھا، ادھر باورچی خانہ غسل خانہ وغیرہ۔ اسی گھر میں چودہ سال پہلے میاں واجد نے آنکھیں کھولی تھیں۔ ان کی زچگی ایک ان پڑھ گنوار سی دایہ نے کی تھی۔ کسی نے ان کی آنکھوں میں سلور نائٹ ریٹ نہیں ڈالا۔ ان کی ماں اسی زچگی میں سیپٹی سیمیا ہو کے ختم ہو گئیں۔ گھر بھر کی عورتوں کا عقیدہ تھا کہ ادھر باہر کے آنگن میں جو سوکھا، مردار سا انار کا درخت ہے۔ یہ اس پر رہنے والی پریوں کی کارستانی

تھی۔ واجد کے چچازاد سید بسم اللہ شاہ، معروف پریوں سے زیادہ مشیئت ایزدی کو اپنی بیوی کی ممانی کی اس بے وقت موت کا ذمہ دار قرار دیتے تھے۔ اس گھر میں یا خدا پر عقیدہ تھا یا پریوں، بھوتوں اور جناتوں پر۔ ابھی تک کوئی انسان سے واقف نہ ہونے پایا تھا۔

درگاہ شریف میں محض، پریوں کا نہیں چڑیلوں کا بھی علاج ہوتا تھا۔ بیسیوں عورتیں دیوانیوں کی طرح قبروں کو پھلانگتی ایک دیوار سے دوسری دیوار تک دوڑتیں اور دیواروں پر دوہتڑ مارتیں۔ جو زیادہ "چڑیل" قسم کی چڑیلیں تھیں۔ وہ دیواروں اور قبروں سے سر پھوڑتیں۔ اپنے ظالم خاوندوں یا ظالم ترساسوں اور نندوں سے بھاگ بھاگ کر آئی تھیں۔ بعض ڈھونگ رچائے تھیں، بعض کا ڈھونگ ہسٹریا بن گیا تھا۔ کہیں کہیں وہ ہلکا سا خط عبور ہو گیا تھا جو ہوش اور سچ مچ کی دیوانگی کے درمیان ہے۔ بہت سی عاشقوں کی تلاش میں گھروں سے بھاگ بھاگ کر آئی تھیں۔ یہاں سب کی مراد پوری ہوتی تھی۔ مشرقی دیوار کے قریب "کڑھائی" تھی یہ ایک گڑھا سا تھا۔ جب کوئی چڑیل اس کڑھائی میں جا گرتی، تو حضرت صاحب کے غضب سے جل کر راکھ ہو جاتی اور جس عورت پر اس نے قبضہ کر لیا تھا۔ وہ تھکی تھکائی لیکن بھلی چنگی ہو کر نکلتی۔

سید بسم اللہ شاہ۔۔۔ حنائی ریش، دو پلی ٹوپی، انگرکھا، چست پاجامہ ہاتھوں میں ارض مقدس کی تسبیح لئے ہوئے درگاہ شریف میں فاتحہ اور درود پڑھ کے گھر کی طرف روانہ ہوئے۔ راستے میں گھسیٹے نے ہاتھ جوڑ کے گھر والی کا حال کہا۔ "ھجور تاویج گھول کے پلایا۔ اب تو سسری ذرا ٹھیک ہے۔" سید بسم اللہ شاہ نے تسبیح پڑھتے پڑھتے سر کے اشارے سے "اچھا" کہا اور اسی طرح وظیفہ میں مشغول گھر کی طرف بڑھتے گئے۔ گھسیٹا اپنا لٹھ لئے، جس کے سرے پر تار کول چڑھا ہوا تھا۔ مودبانہ پیچھے پیچھے چلا۔ تسبیح پر وظیفہ ختم کر کے سید بسم اللہ شاہ معروف اس سے مخاطب ہوئے، "اچھا گھسیٹے جا، دو رکعت نماز

شکرانہ ادا کر۔ دو پیسے کی کھٹیا، دو پیسے کے بتاشے فاتحہ دے کے درگاہ شریف میں چڑھا آ!"

جب گھر پہنچ کے سید بسم اللہ شاہ ناشتہ کرنے دستر خوان پر بیٹھے اور پراٹھے اور گائے کے گوشت کے کوفتے سر جھکائے کھا رہے تھے تو ان کی بیوی آمنہ نے چھوٹے ماموں زاد بھائی واجد کی شکایت کی۔ "خدا کے لئے اسے آدمی بنایئے۔ کچھ پڑھایئے لکھایئے صاحبزادے ماشاءاللہ سے اتنے بڑے ہو گئے کب تک اس طرح ملبے لگاتے رہیں گے۔ نرے خل بترے، نہ بات کرنے کی تمیز نہ اور کسی بات کا سلیقہ۔"

واجد سر جھکائے پراٹھے اور کوفتے کھاتا رہا اور جب اس کے حصے کے پراٹھے ختم ہو گئے تو اس نے باسی چپاتیوں سے باقی ماندہ کوفتے کو ختم کرنے کی کوشش کی۔ آمنہ کے اس طرف سکینہ چپ چاپ بیٹھی لقمے توڑ رہی تھی۔ اس کی گہری سانولی رنگت اور چھوٹے سے دہانے پر پسینے کے قطرے نمودار تھے۔ وہ میاں واجد کی بیوی بننے والی تھی۔ اسے میاں واجد سے گھن نہیں آتی تھی، شرم ضرور آتی تھی۔ اپنی بڑی آپا سے میاں واجد کی شکایت سن کر اس کے ملگجے لہریا دوپٹہ کے نیچے اس کے سینے میں خفیف سا ہیجان پیدا ہوا جس کا مقصد کچھ نہ تھا، محض اعصابی ہیجان تھا۔

سید بسم اللہ شاہ نے اس روز سے ارادہ کر لیا کہ اب میاں واجد کی واقعتاً تربیت ہونی چاہیے۔ ان کو تربیت دینے کے دو طریقے تھے۔ ایک تو یہ کہ بس اب شادی کر دی جائے۔ سکینہ کا تیرھواں ہی سال تھا۔ مگر خیر دو ایک مہینے میں جوان ہو جائے گی۔ ذرا پاؤں میں بیڑی پڑے تو خود میاں واجد کو ذمہ داری محسوس ہو گی۔ دوسرے یہ کہ ان کی روحانی تربیت ہو۔ حقے کی دو تین چلمیں خالی کر کے سید بسم اللہ شاہ معروف نے طے کیا کہ اب میاں واجد ان کی بیعت کر سکتے ہیں، ان کی اپنی کوئی اولاد نہیں تھی۔ سجادگی انہیں بیوی کے خاندان سے ملی تھی۔ اب اچھا یہی ہے کہ یہ بیوی ہی کے خاندان کو واپس چلی

جائے۔ لیکن اس کے لئے میاں واجد پر کتنی کڑی محنت کرنی ہو گی۔ کتنی توجہ کرنی ہو گی۔ اس کا بھی حضرت سید بسم اللہ شاہ معروف کو پورا احساس تھا۔

حقہ پی کر انہوں نے لانبا پیچ دار نیچہ ایک طرف رکھ دیا اور ملازم سے جو ان کے پیر دبا رہا تھا کہا۔ "کلو، حقے کو تازہ کر کے لائیو اور طاق میں ادھر جو دو تین پتلی پتلی کتابیں رکھی ہیں نا، ذرا مجھے لا دیجیو۔"

کلو نے دارا شکوہ کے رسائل، حضرت سید بسم اللہ شاہ معروف کو لا دیئے۔ وہ ان رسائل کا رد لکھ رہے تھے کہ ان میں بجز الحاد و زندقہ کے اور کچھ نہ تھا۔ انہوں نے قلم تراش سے قلم کی نوک ٹھیک کی، بادامی کاغذ سامنے رکھ کے، بسم اللہ کہہ کے عینک لگائی اور شاہزادہ دارا شکوہ کی مجمع البحرین کو پڑھنا شروع کیا۔

"فقراء ہند کے نزدیک برہما یعنی جبرائیل علیہ السلام کی عمر اور برہمانده کے باقی رہنے کی مدت دنیا کے اٹھارہ انج سال ہے۔ ہر ایک انج ایک ہزار سال کا ہوتا ہے۔"

سید بسم اللہ شاہ نے "نعوذ باللہ" کہہ کے بادامی کاغذ پر اس فقرے کے رد میں دو تین سطریں لکھیں اور پھر وہ سوچ میں پڑ گئے۔ اب ان پر بسط کا عالم طاری ہونے کو تھا۔ قبض کی کیفیت دور ہوتی جا رہی تھی۔ کلو نے حقہ لا کے رکھ دیا۔ بے خیالی میں انہوں نے نیچہ اٹھایا اور ایک ہلکا سا کش لے لیا۔ اب اُردو اور فارسی اساتذہ کے اشعار ذہن کے ایک لاجوردی بحر ذخار میں آبدار موتیوں کی طرح چمک جاتے اور روح کی گہرائیوں میں جوت سی جگا جاتے۔ مجاز کے تمام پردے چاک چاک تھے۔ یہ پری محل والے دارا شکوہ کے اٹھارہ انج اور اٹھارہ ہزار سال۔ اس کافر منش صوفی نے وقت کی ابدیت کی کیا تحقیر کی ہے۔ دہر کو برا مت کہو، دہر خدا ہے۔ دہر جز جلوہ یکتائی معشوق نہیں۔ آزاد کی آب حیات والے مرزا مظہر جان جاناں ابدیت کے لاجوردی بحر بیکراں میں معلوم نہیں غرق

ہو گئے۔ ان کا ایک شعر البتہ آغوش صدف سے جھانک رہا تھا، جیسے سانپ کا من، جیسے اندھیرے میں کوہ نور۔

خدا کے واسطے اس کو نہ ٹوکو
یہی ایک شہر میں قاتل رہا ہے

اپنے گھٹنے پر ہاتھ مار کے سید بسم اللہ شاہ معروف تڑپ گئے۔ "ہا، ہا! کیا بات کہہ دی ظالم نے کیا بات کہہ گیا ظالم۔ کیا شعراء اسے نصیب ہو گا۔" اور اس کے بعد اس ظالم بسط میں خود ان پر وجد کی کیفیت طاری ہو گئی۔ اب وہ سید بسم اللہ شاہ کم تھے اور حضرت معروف بجولوی زیادہ۔ قافیوں کا سیلاب تھا کہ آتا چلا جا رہا تھا آمد ہی آمد تھی۔ وجد ہی وجد تھا۔ بسمل رہا ہے، دل رہا ہے، قاتل رہا ہے، محفل رہا ہے، خاموشی ساحل رہا ہے، دوری منزل رہا ہے، آب و گل رہا ہے۔ ہر طرف انبساط ہی انبساط تھا۔ نشاط ہی نشاط۔ روح کا رقص اور وجدان۔ ردیف اور قافیے اور عروض اور تشبیہات اور لف و نشر مرتب کے ذریعہ ذرہ آفتاب سے قطرہ دریا سے ہمکنار ہو رہا تھا۔ فنا تھی۔ لیکن اس میں بھی کیف نشاط تھا۔

حضرت سید بسم اللہ شاہ صاحب کو بجولی شریف کی درگاہ کے سجادہ نشین کی حیثیت سے تو صرف کانپور کے آس پاس کے قصبوں کے شرفا جانتے ہوں گے لیکن بحیثیت شاعر جہاں کہیں اُردو بولی اور اُردو غزل گائی جاتی تھی، ان کا نام سب کی زبان پر تھا۔ ان کا شمار چوٹی کے شعراء میں تھا۔

آٹھ دس ماہ بعد میاں واجد کی شادی سکینہ سے ہو گئی۔ یہ سکینہ جو شادی سے پہلے، آمنہ باجی کی طرح ان کی پھوپھی زاد بہن تھی، ان سے عمر میں سال بھر چھوٹی تھی۔ چیچک نے میاں واجد کے مقابل اس پر رحم کیا۔ اسے لڑکی سمجھ کے صرف اپنے ہلکے سے لمس

سے ایک دو چھوٹے سے نشان چھوڑ کر چل دی۔ کسی ارضی اور سماوی آفت نے اس چھوٹی سی، میٹھی میٹھی، سانولی بلکہ ذرا کالی کالی صورت کو بگاڑا نہ تھا۔ جب شادی ہو گئی تو سکینہ کے سلمے ستارے کے بھاری کام کے پائینچے دار غرارے اور لچکے سے لدی ہوئی ریشمی اوڑھنیاں میاں واجد کے لئے علم جمالیات کا دفتر کھولنے لگیں۔ اب تمام تر حسن ایک ریشمی غبار تھا جس میں ریشم ہی ریشم تھا، ملبوس کا، جلد کا ریشم، آواز کا تنفس کا ریشم، پسینے کی ٹھنڈک کا، دل کی دھڑکن کا ریشم۔ اب میاں واجد کا شعور بیدار ہوا۔ حواس خمسہ بیدار ہوئے۔ ان کی ناک جو آنگن کی گندی موری کی طرح بہتی تھی۔ اب اطمینان سے اکیلے ہی سڑ سڑ کر لیتی۔ ورنہ وہ بھی اب محتاط اور متین ہو گئی تھی۔

میاں واجد کو اپنی چھوٹی ننھی سی دلہن سے عشق تھا۔ اگرچہ اب تک عشق کا ذکر انہوں نے زیادہ تر شعراء کے دیوانوں ہی میں پڑھا تھا، جن کا حضرت سید بسم اللہ شاہ معروف کے دیوان خانے کے ہر طاق پر انبار لگا تھا۔ یہ عشق کیا تھا، اگر کوئی میاں واجد سے پوچھتا تو وہ شاید کھسیانے ہو کر ہیں ہیں کرنے لگتے۔ مگر انہیں یقین تھا کہ اس قسم کی محبت میں جو انہیں اپنی چھوٹی سی ریشمی بیوی کے ساتھ ہے اور باقی ہر طرح کی محبت میں بڑا فرق ہے۔ ان پر خطوط اور رنگ کے آہنگ کا راز منکشف ہونے لگا تھا۔ انہیں محسوس ہونے لگا تھا کہ جسم سے وابستہ اور جسم سے ماورا ایک کشش ہوتی ہے جو آگ ہی آگ ہوتی ہے اور اپنے آپ کو اس آگ کا مطلب اچھی طرح سمجھانے کے لئے انہوں نے دیوانہ وار اُردو اور فارسی اساتذہ کے دیوان پڑھنا شروع کئے اور ان پر اور سارے گھر پر ایک اور سربستہ راز منکشف ہوا کہ ان کے گلے میں بلا کا جادو، ان کی آواز میں بلا کا سریلا پن ہے۔ اپنے شاگرد اور ہم زلف میں سوز و گداز کی یہ ابتدائی نشانیاں دیکھ کے سید بسم اللہ شاہ معروف نے طے کر لیا کہ اب تربیت کا وقت آ گیا ہے۔

خانقاہ میں قوالی کی مجلس تھی، جو عرس شریف کے ختم پر ہر سال ہوا کرتی تھی۔ شیخ حسین قوال نے بڑے غضب کی آواز پائی تھی، وہ گاتا رہا۔ "تجلی ہے یا تاجدار مدینہ" سید شریف کو حال آیا۔ سید بسم اللہ شاہ معروف تسبیح پڑھتے رہے اور جھومتے رہے اور کبھی کبھی ان کی زبان سے بے اختیار "ہا" نکل جاتا۔ قوالوں کے گلے بیٹھ گئے۔ چاندنیوں کا فرش باسی ہو گیا، گاؤ تکیئے مسلے گئے۔ تبرک تقسیم ہوا اور حضرت سید بسم اللہ شاہ معروف گھر واپس آئے۔ ان کی بیوی آمنہ نے ان کے سر میں ناریل کا تیل ڈالا اور آہستہ آہستہ دبانا شروع کیا۔ ان کے دماغ میں تازگی اور سرور سرایت کر گیا۔ ان نازک نازک ہتھیلیوں اور ناریل کے ٹھنڈے تیل کا سرور اور پھر اس کیف کے عالم میں آرزو ہی آرزو تھی۔ آرزو جو اشعار بنتی چلی جا رہی تھی۔ دو طرح کی آرزو تھی۔ آرزو کی دو متضاد کیفیتیں تھیں۔ حرکت و نمو کی آرزو اور سر فنا کی آرزو۔

نہر جنبش مژہ میں نہاں تیر آرزو
دل میں جگر میں بس گئی تصویر آرزو
ہستی شہید غم سہی ، دل محو دید ہے
وہ سحر آرزو تھی یہ تکبیر آرزو

پھر قافیوں کا سیلاب آیا اور حضرت معروف بجولوی کو بہا لے گیا۔ ان کی بیوی نے سر پر تیل کی مالش ختم کرنے کے لئے تیل کے کٹورے میں آخری مرتبہ اپنی انگلیاں ڈبوئیں اور ان سے ان کے سر کی جلد کو اور کھوپڑی کی ہڈی کو دبا کے پوچھا۔ "بس؟" انہوں نے کہا۔ "ہاں بس!" اور اٹھ کے باہر مردانے میں چلے گئے اور اپنی بیاض نکالی۔ کلو نے حقہ بھر کے رکھ دیا۔

اندر آمنہ نے تیل کا کٹورا طاق پر رکھا۔ بیسن سے ہاتھ دھوئے۔ اس کے چہرے پر

جھریاں اور اس کے سفید ہوتے ہوئے بال تھک کر اس کے چہرے پر ساکن ہو گئے۔ جیسے کسی مرے ہوئے کیڑے سے چیونٹے چمٹے ہوئے ہوں۔ اسے زندگی میں کوئی خاص تکلیف نہیں ہوتی تھی۔ وہ اسی گھر میں پیدا ہوئی۔ اسی میں اس کے ماں باپ مرے اسی میں اس کی شادی ہوئی۔ بس ایک اولاد کی تمنا تھی۔ خدا نے اولاد نہیں دی۔ لیکن اس نے اپنی چھوٹی بہن سکینہ کو اولاد کی طرح پالا۔ وہ پیڑھی پر بیٹھے پراٹھے پکاتی رہی شامی کبابوں میں مسالہ بھرتی رہی، نان خطائیاں بیلتی رہی۔ شب برات میں حلوے پکاتی رہی، زندگی کی صبح دوپہر ہوگئی، پھر سہ پہر آئی اور اب شام قریب تھی۔ اس نے بہت کم گھر سے قدم نکالا تھا۔ ڈولی میں بیٹھ کے وہ عزیزوں اور برادری والوں کی تقریبوں میں شریک ہونے ضرور جاتی رہی۔ لیکن اس نے کبھی آزاد تازہ ہوا کی خنکی محسوس نہ کی۔ آسمان کی شکل اس کی نظروں میں اس کے صحن کی سی تھی اور ڈولی پر باہر جاتے ہوئے اگر کہیں سے آسمان کا کوئی کونا نظر آجاتا تو اسے حیرت ہوتی کہ آسمان اتنا بڑا ہے۔ اس نے کبھی لہلہاتے کھیت نہیں دیکھے تھے۔ وہ گنگا سے زیادہ دور نہیں رہتی تھی، لیکن کبھی اس نے گنگا کی پر شوکت روانی نہیں دیکھی تھی، جس کے کنارے اس کے آباء و اجداد کا کارواں آکر اترا تھا۔

اور رفتہ رفتہ جیسے جیسے زندگی کی سہ پہر ڈھلتی گئی، شام آتی گئی۔ اس کے پیٹ میں درد بڑھتا گیا۔ بجولی میں شروع میں دعاؤں اور منتوں کے ذریعہ علاج کیا جاتا تھا پھر یونانی علاج ہوتا تھا اور جب حالت بالکل بگڑ چکتی تو انگریزی علاج شروع ہوتا۔ نظریہ یہ تھا کہ یہ سب وقت کی بات ہے۔ وقت آتا ہے تو خاک کی چٹکی سے شفا ہو جاتی ہے۔ وقت نہیں آتا تو ارسطو کے علاج سے بھی فائدہ نہیں ہو سکتا۔ پھر بھی اس وقت کے نظریے میں کبھی کبھی تدبیر کی اہمیت کا خیال آجاتا ہے اور جب دعاؤں اور منتوں اور یونانی علاج سے فائدہ

نہیں ہوا تو کانپور سے ڈاکٹر سلیم کو بلایا گیا۔ جنہوں نے پہلی نظر ہی میں یہ تشخیص کی کہ یہ سرطان ہے۔ ابھی وقت تھا اور انہوں نے حضرت سید بسم اللہ شاہ معروف کو مشورہ دیا کہ وہ اپنی بیوی کو پٹنہ لے جائیں۔ لیکن آمنہ کسی طرح راضی نہیں ہوئی۔ "کتنا خرچہ ہو گا۔ کتنی زیر بارگی ہوگی، ڈاکٹریوں ہی بکا کرتے ہیں آپ خیال نہ کیجئے آپ پریشان نہ ہوئیے۔"

بسم اللہ شاہ پریشان تو ضرور تھے۔ پریشان کیسے نہ ہوتے شریف آدمی تھے۔ لیکن وہ بھی تقدیر کے قائل تھے۔ مشیت نیز دی بجولی میں اور پٹنہ میں یکساں کام کرتی ہے۔ پھر آوارہ گردوں کی طرح بی بی کو دنیا بھر میں علاج کے لئے لے کے پھرنے سے کیا حاصل۔ پھر ان کے نقطہ نظر سے ازدواجی محبت میں ایک حد تک نفس دوں کی چاشنی تھی، جس کی سرکوبی ضروری تھی۔ کبھی کبھی یہ خیال بھی آجاتا کہ انسان کی زندگی کی کچھ قیمت ہوتی ہے۔ خواہ وہ عورت ہی کیوں نہ ہو۔ مگر وہ یہ کہہ کے دل کو تسلی دے لیتے کہ بیوی ہی کی تو ضد ہے کہ پٹنہ نہیں لے جانے دیتیں۔ غرض پھر ڈاکٹر علاج چھوڑ کے یونانی علاج ہوتا رہا۔ حضرت سید بسم اللہ شاہ معروف اپنے مریدوں پر توجہ کرتے رہے۔ سیر افلاک کرتے رہے۔ مقامات کی سیر فرماتے رہے۔ سلوک و معرفت کے جادے طے کرتے رہے اور آمنہ میں اتنی بھی سکت نہ رہی کہ وہ اٹھ کے باورچی خانے میں آلو ہی چھیل سکتی یا اپنے میاں کے سر میں تیل ڈالتی۔ اب ہر فرض سکینہ کے سپرد تھا اور میاں واجد کو ذرا ذرا کوفت تھی کہ ان کی اپنی جوان جوان چھوٹی سی دلہن صبح سے لے کے شام تک باورچی خانے میں پھکنی پھونکتی رہے، مگر یہ ہر حال ضروری تھا کہ کھانا پکے۔ پیٹ کے دوزخ کا پر ہونا ضروری تھا اور جب آمنہ نے خوشامد کی۔ "بیٹا ذرا اپنے دولہے بھائی کے سر پر تیل کی مالش کر دیا کر۔ اس کی ساری عمر کی عادت ہے۔ اب مجھ کم بخت سے بستر سے اٹھا نہیں جاتا۔ ان کے قدموں کے نیچے میری جنت ہے۔ میں قیامت کے روز خدا کو کیا منہ

دکھاؤں گی۔"

بسم اللہ شاہ معروف کو اپنے تقویٰ پر بڑا اعتماد تھا۔ بیوی کی بیماری کی وجہ سے ان کے آرام میں ہر طرح خلل پڑ رہا تھا۔ لیکن وہ سوائے صبر و شکر کے کبھی ایک کلمہ شکایت زبان پر نہ لائے۔ ننھی سی سالی سکینہ جو ان کی شادی کے وقت صرف دو سال کی تھی، اب ماشاءاللہ بڑی ہوگئی تھی۔ وہ ان کے سر میں تیل لگاتی تو نرم نرم ہتھیلیوں اور ناریل کے تیل کی خنکی کا سرور تو ضرور محسوس ہوتا تھا لیکن معلوم ہوتا تھا یہ ان کی اپنی بیٹی جیسی ہے۔

وہ دنیا کے تمام مصائب و آلام سے بے نیاز تھیں جو غم تھا، وہ غم عشق، عشق حقیقی میں تبدیل ہو جاتا تھا۔ ایک بے خبری تھی جو غم روزگار پر حاوی تھی۔ بیوی بیمار سہی، چھوٹی چھوٹی باتوں کی تکلیف سہی لیکن میر تقی میر اور فانی کے برعکس حضرت معروف کے کلام میں سیت و قنوطیت کا فقدان تھا۔ اس کے نزدیک عشق میں اس کی فراوانی میں غم روزگار کا پہلو نمایاں ہوتا ہے۔ اسی لئے انہوں نے تمام تر توجہ نشاط و کیف اور انبساط پر کی تھی۔ اس نشاط، کیفیت، انبساط کی بنیاد حیرت اور بے خبری پر تھی۔ شبنم کا نزول، پھولوں کی نمود، طیور کے نغمے، یہ سب حیرت ہی حیرت کا سامان تھے۔ کسے فرصت تھی کہ وہ غم دنیا، اپنے اپنے متعلقین یا اپنے گرد کے انسانوں کی مصیبتوں کی طرف توجہ کرے۔

اس درمیان میں سید بسم اللہ شاہ معروف میاں واجد کو سلوک و طریقت کے ابتدائی مراحل طے کرا رہے تھے۔

بڑا سوال اور مرحلہ یہ ہے کہ پیر طریقت اپنے مرید کے دل سے ماسوا کے نقوش محو کر دے۔ اس کے بغیر حقیقی کو نہیں لگ سکتی۔ سلسلہ نقشبندیہ میں پیر طریقت اپنے مرید

کو ایک عارضی بت پرستی کے دور سے لے کے گزرتا ہے۔ آہستہ آہستہ انسان کا دل پرانے پیاروں، عقیدوں، مرکزوں سے ٹوٹتا ہے۔ سلسلہ نقشبندیہ میں پیر اپنے مرید کے دل سے ماسوا کے خطرات نکالنے کے لئے اپنا تصور بندھواتا ہے یہ تصور شیخ ہے۔ اس میں مرید کا دل نقرہ و فرزند و زن کے بجائے مرشد کے تصور سے وابستہ ہو جاتا ہے اور پھر جب مرید انہماک اور توجہ کی کیفیت حاصل کر لیتا ہے تو مرشد آخری بت شکنی کرتا ہے اور اپنے مرید کے دل سے خود اپنا نقش مٹا دیتا ہے۔ شیخ خود مرید کے دل میں تصور شیخ کو پاش پاش کر دیتا ہے اور پھر اسے منزل و افلاک کی سیر کرانے لے جاتا ہے۔ اس کی توجہ کی گرمی بڑھتی جاتی ہے۔

تصور شیخ کے مرحلے سے کچھ عرصہ قبل میاں واجد نے شاعری شروع کی تھی۔ اس شاعری میں بڑا ترنم اور بڑی (مجازی) سوز و گداز کی کیفیت تھی۔ اب تک یہ لہریا دوپٹے والی، عطر حنا میں بسی ہوئی نوجوان ننھی سی دلہن کا عشق تھا۔ غالب نے سہل ممتنع کو بیدل کا تصور اور اس کا طرز بیان توڑ کے حاصل کیا۔ میاں واجد کو کان کے اطراف کی آب و ہوا، اردو زبان، دلہن کے عشق اور حافظ شیرازنے شروع ہی سے تحفتاً سہل ممتنع میں کمال عطا کر دیا۔ اس کی پانچویں یا چھٹی غزل پر اصلاح کرتے ہوئے سید بسم اللہ شاہ معروف نے لکھا۔ "یہ خدا کی دین ہے۔ یہ انداز، یہ بیان بڑے بڑے کہنہ مشقوں کو نصیب نہیں ہوتا۔ ذالک فضل اللہ یعطی من یشاء"

میاں واجد کی یہ ابتدائی شاعری وصل کی شاعری تھی۔ وصل کا ذکر تو ذرا کم تھا، مگر وصل کی کیفیت نمایاں تھی۔ اس میں ان آنکھوں کا ذکر تھا۔ جن کا طریقہ سب سے جداگانہ ہے، جو جھکی رہتی ہیں۔ مگر اس سمت دیکھ لیتی ہیں۔ جدھر وہ دیکھنا چاہتی ہیں۔ یہ اپنے اور "اس کے" عشق کی شاعری تھی کہ دل سامنے لا کر رکھ دیا۔ اب اس کے بعد نظر

کا اختیار ہے کہ وہ جو چاہے کرے۔ ان آنسوؤں کا تغزل تھا جو مژہ تک آتے آتے خشک ہو گئے تھے۔ یہ مزے کی شاعری تھی۔ وصل میں بھی فراق کی لا علاج بے قراری کی شاعری، وہ کیفیت جس کو بیدل نے بڑے کمال سے بیان کیا ہے۔

ہمہ عمر باتوں زدیم و ترفت رنج خمارما
چہ قیامتی کہ نمی رسی زکنارما بہ کنارما

شاعری میں یہ نگاہ ناز اور ذوق جاں نثاری کا زمانہ تھا۔ ابھی عاشقی خامکاری تھی۔ جمال ہر دم جمال تو بنتا جاتا تھا، تازہ خیال استوار نہیں ہونے پاتے تھے۔ معشوقہ کا وقت تو زیادہ تر باورچی خانے میں روٹیاں سینکتے، دھوبن کو کپڑے دیتے، دوپٹوں کو رنگتے، آنچلوں پر گوٹیں ٹانکتے، صرف ہوتا تھا۔ اسے اپنے میاں (جواب بجولی میں صرف گھسیٹے وغیرہ کی زبان پر واجد میاں باقی رہ گئے تھے، لیکن جو یو۔پی، بلکہ ہندوستان بھر میں حضرت واجد بجولوی کے نام سے مشہور ہونے لگے تھے)۔۔۔ کی ساری شاعری میں صرف ان کا ترنم پسند تھا اور ایک مبہم سا خوشی کا احساس تھا کہ اس کے میاں کا یہ کہنا تھا کہ وہ ان کی شاعری کی بھی محبوبہ ہے۔ میاں سے محبت ایک طرح کا فرض تھا جس کی وہ روحانی ذہنی اور جسمانی طور پر پابند تھی۔ لیکن سکینہ کو "عشق" کے معنی سکھانا ناممکن تھا۔ اس کی یہی ناسمجھی میاں واجد (معاف کیجئے گا حضرت واجد بجولوی) پر اس کی کی مشق ناز، اس کی جفا، اس کا ستم، اس کے بے نیازی سب کچھ تھی۔ روایت رودکی کی جوئے مولیا حافظ کے رکنا باد و مصلی اور آتش کی۔ کھاؤں کدھر کی چوٹ بچاؤں کدھر کی چوٹ۔" سے ہوتی ہوئی، اس گھر میں گھس آئی تھی جس میں گندی موری بہتی تھی اور آمنہ باجی بچاری سرطان میں مبتلا زندگی کے آخری چند روز کاٹ رہی تھیں۔ لیکن واجد کو اپنی ہر لغزش سے عشق کا لطف یقین پیدا تھا۔ ہر موج تبسم، یعنی سکینہ کے پان کھائے ہوئے سانولے ہونٹوں کی

مسکراہٹ برق طور تھی۔ اس کا روئے آتشیں (جو دراصل بہت سانولا تھا) صبح دلبری کی طرح روشن تھا۔ اس کی رنگت کالی سہی، شاعری میں وہ سیمیں اندام تھی۔ کمر اس کی البتہ پتلی تھی۔ اس لئے موئے کمر کو طرح طرح باندھا جاسکتا تھا۔ زلفیں (یعنی تیل میں چپڑی ہوئی چوٹی) تو سیاہ تھیں ہی۔ لب لعلین صرف پان کی سرخی سے لال ہو جاتے۔ مگر اس سے کیا، جوانی ہے، جوانی ہے، جوانی۔۔۔۔ اگر کبھی نظر کی حقیقت کا مقابلہ واجد دل کی حقیقت سے کرتا تو کہتا اس سے کیا، میں نے اپنے دل میں جو کچھ سمجھا وہ ویسی ہی ہے۔ نظر تو محض فریب ہی فریب ہے۔ نظر تو محض فانوس کی گردش ہے۔ اصلی نظر تو باطنی ہے، چشم مجنوں، اسی سے لیلیٰ کو دیکھنا چاہئے۔ حضرت جامی کا بے مثل شعر ہے

موجب حسن تو تنہا نہ خدوخال فتاد
عشق مانیز ز اسباب جمال است ترا

غرض واجد کا "مجازی" عشق اور ان کی مجازی شاعری ان کے شباب کے ساتھ ابھی اس والہانہ مرحلہ پر تھی کہ حضرت سید بسم اللہ شاہ معروف نے انہیں راہ طریقت میں تصور شیخ کے مرحلے میں داخل کیا۔ اب خود حضرت معروف کے تصور کے سوا انہیں تمام نقوش یہاں تک کہ سکینہ، اس کی جوانی، اس کے لہریے دوپٹوں اور اس کے ریشمی حسن کا تصور بھی حرف غلط کی طرح مٹانا تھا۔ عشق میں یکسوئی کی ضرورت ہے۔ تمام "باطل نقش" مٹ جاتے ہیں۔ عورت محبت کی چیز نہیں رہتی۔ وہ تو صرف بچے پیدا کرنے کے لئے ہوتی ہے۔ اسی لئے تو فارسی شاعری نے عورت کا پیچھا چھوڑا، (معاذ اللہ رودکی سمرقندی نے انار پستان کا ذکر کیا ہے۔ کس قدر سوقیانہ مضمون ہے۔ مگر حضرت معروف بجولوی کا یہ بھی کہنا تھا کہ غالباً یہ کتابت کی غلطی ہے۔ دراصل انار بستاں ہو گا۔ کسی شریف النفس کاتب نے دو نقطے اور بڑھا دیئے) فارسی شاعری نے عورت کا پیچھا چھوڑا،

اور تصور شیخ کی ہو رہی ہے۔ جہاں تصور شیخ کی سمجھ میں نہیں آیا امرد پرستی ہو گیا۔ غرض اس مرحلے پر حضرت معروف بجولوی، واجد کی ساری توجہ اپنی شبیہ مبارک منعطف کرانا چاہتے تھے اور اس سلسلے میں اور سب نقوش کے ساتھ سکینہ کا نقش بھی مٹنا ضروری تھا۔ اس نقش کا مٹنا اتنا آسان نہ تھا۔ یہ جنس کو روحانیت، رومان کو عرفان بتاتا تھا لیکن بہر حال یہ عظیم الشان رسہ کشی شروع ہو ہی چکی تھی۔

سرطان بڑا موذی مرض ہے۔ سب سے اچھی موت وہ ہے جو ہنستے کھیلتے حرکت قلب بند ہونے سے واقع ہو۔ یہ ہندوستانی شریف عورتوں کو پردے کے اندر نصیب نہیں کیونکہ دق عموماً عارضہ قلب سے بازی لے جاتا ہے۔ سرطان کی وجہ تو معلوم نہیں لیکن وہ بھی ٹاٹ کے پردے، اور چہار دیواری سے گھرے ہوئے مکانوں میں اکثر آتا ہے، جہاں منڈیر پر بیٹھے ہوئے کاؤں کاؤں کرتے ہوئے کوؤں کے سوا اور کوئی مہمان نہیں آتا اور خانہ دل اگر کبھی خدانخواستہ خداوند مجازی حضرت سید بسم اللہ شاہ معروف سے بڑی محبت تھی۔ تمام عمر وہ فرض کی پابندی کرتی رہی۔ اس نے کبھی اپنی طرف سے کسی فرض میں کوتاہی نہیں کی۔ جاڑوں میں وہ راتوں کو اٹھتی تھی اور پانی گرم کرتی تھی تاکہ اس کے میاں گرم پانی سے نماز تہجد کے لئے وضو کر سکیں۔ تمام عمر وہ خدمت کرتی رہی اور مرتے وقت یہی افسوس کرتی مری کہ وہ اچھی طرح میاں کی خدمت نہ کر سکی، جن کے قدموں کے تلے اس کی جنت ہے۔

تابوت، عود، کافور، کفن سب مرحلے طے ہو گئے۔ حضرت سید بسم اللہ شاہ نے اس صدمہ جانکاہ کو اسی صبر کے ساتھ برداشت کیا جو بزرگوں کا شیوہ ہے۔ رفیقہ حیات کی جدائی کے غم میں ایک دو آنسو تو ضرور ریش مقدس پر چھلکے، لیکن اس کے بعد دیکھنے والوں کو ان کا صبر، تحمل اور وقار دیکھ کر حیرت ہوتی تھی اور میاں واجد پر تو ان کے اس

ضبط اور اس تسلیم و رضا کا کچھ اتنا اثر ہوا کہ اس کی عقیدت کہیں زیادہ بڑھ گئی لیکن کچھ ہی عرصہ بعد درگاہ شریف کی خانقاہ کے نمازیوں نے، جن میں سے اکثر حضرت سید بسم اللہ شاہ کے مرید تھے۔۔۔ یہ محسوس کیا کہ حضرت کا جلال بہت بڑھ گیا ہے۔ نماز کے لئے صفیں ایستادہ ہوتیں۔ نیت باندھنے سے پہلے حضرت سید بسم اللہ شاہ صاحب دفعتاً شیر کی طرح پلٹتے اور فرماتے۔ "اس کو نکال دو۔" "اس کو نکال دو۔" دو دو تین تین آدمی صفوں میں سے خارج کر دیئے جاتے اور نماز ختم ہونے کے بعد وہ اپنے ساتھیوں سے اعتراف کرتے کہ بے شک ان کے دلوں میں خطرات آرہے تھے۔ شبراتی حلوائی نے اقبال کیا۔ "بھیا ہمرے ہجرت صاحب ٹھیکے کین۔ ہمرے دل میں آوت رہے کہ جلیبین کے کھی ماں تھوڑا سا میٹھا تیل میلائے دیں۔" میاں گھسیٹے نے جواب دیا۔ "بھیا آکھر پیر جاوے ہیں۔ کھد پیر ہیں۔ بجر گن کی ہر بات سچی ہوت ہے۔"

اپنے اس جلال سے۔۔۔ جو نیک نیتی پر مبنی تھا۔۔۔ اگر کسی کو اطمینان نہیں تھا۔ تو خود حضرت سید بسم اللہ شاہ صاحب کو۔ ادھر اپنے شیخ اپنے رہبر کامل سے واجد کی والہانہ عقیدت پرستش اور عشق بنتی جا رہی تھی۔ سکینہ کے لہریا دوپٹہ اور اس کی نیم باز انکھڑیوں میں جمال ہی جمال تھا۔ لیکن شیخ کی نرگس مستانہ میں جلال کی شان تھی۔ یہ جلال جمال کی تکمیل اور اس کی شدت ظہور ہے۔ شیخ کے گھنگھریالے بالوں، ان کی چوڑی پیشانی کے نیچے ان کی دو طاقتور آنکھیں تھیں۔ ان آنکھوں میں کس غضب کی ساحرانہ جاذبیت تھی۔ بالکل تلوار کی دھار کی طرح۔ ایک ایسی تلوار کی دھار جو ساری دنیا سے اس کا رشتہ منقطع کرنا چاہتی تھی۔ معلوم ہوتا تھا یہ آنکھیں اسے کھینچ لیں گی، اپنے آپ میں جذب کر لیں گی جیسے روشنائی جاذب میں جذب ہو جاتی ہے اور ان آنکھوں کے نیچے ہی سے باجبروت حنائی ریش شروع ہوتی تھی۔ شیخ کا، رہبر کامل کا چہرہ ہزبر بیشہ

طریقت کا چہرہ تھا۔ اس کی آن بان، اس کی شوکت، اس کا جلال۔ حضرت معروف بجولوی کی شخصیت نے واجد کے ذہن اور اس کے قلب کے گوشے کو مسخر کرلیا اور معلوم ہوتا تھا کہ سکینہ اب محض اس کے جسم کی مہمان ہو کر رہ گئی ہے۔ اب بھی شعر سکینہ کا ذکر کرتے، مگر اب شعر کے معانی اور مطالب دو سطحوں پر حرکت کرتے۔ مجازی معنوں میں تو سکینہ اب بھی محبوبہ تھی۔ لیکن وہ تو محض تفصیل تھی، مقصود اعلیٰ کچھ اور تھا، جس کا پہلا مرحلہ حضرت معروف کا تصور تھا۔ مجاز اور حقیقت کا تضاد، اندر سے واجد کی ہستی کو کھائے جا رہا تھا۔ کاش برق جمال اس قید تعین کو پھونک دیتی۔ جس میں سکینہ اسے گرفتار کئے ہوئے تھی۔ تصور شیخ دل کو تو مجازی محبت سے آزاد کرا رہا تھا مگر نگاہیں ابھی تک زلف معنبر اور شانہ میں الجھ رہی تھیں۔ اس کشمکش میں ایک نظر کعبہ پر جمی تھی تو دوسری بت خانے پر۔ شیخ کا ادب تھا، شیخ کا تصور تھا، شیخ کی آنکھوں کا سحر تھا۔ مگر آغوش سکینہ کی یاد اور سکینہ کی طلب سے بھرپور تھی۔ دونوں طرف سے مجبوری تھی ایک طرف جان کی مجبوری، ایک طرف جسم کی مجبوری۔ ایک قید جسم تھی اور دوسری طرف قید جان۔ شیخ کی توجہ سے کبھی کبھی ایسے مرحلے اور مقامات آتے جو مجاز بہت دور کسی بے نام حقیقت کی طرف بہالے جاتے۔ کوئی واجد کی طرف دیکھتا اور زماں و مکان دونوں معدوم ہو جاتے۔ کوئی واجد کی طرف دیکھتا اور زماں و مکان دونوں معدوم ہو جاتے۔ تخت رواں کی طرح دل اسے کسی ایسے مقام پر لے جاتا جہاں کوئی اور موجود ہوتا۔ لیکن کون؟ اور پھر ان تجربوں کے بعد دل میں غم کی ہلکی میٹھی کسک باقی رہ جاتی۔

یہ تجربہ گزر جاتا، کھانا مزے کا نہ ہوتا، کوئی اور چھوٹی سی بات ہوتی، واجد اور سکینہ میں لڑائی ہوتی۔ وہ منہ پھلا کے، بان کے پلنگ کے پائنتانے، دوپٹے سے منہ چھپا کے پڑ رہتی۔ لڑائی کے بعد منانے کی منزل آتی۔ واجد اسے لاکھ مناتا، وہ نہ مانتی۔ وہ اور زیادہ

روتی جاتی۔ تب وہ نسوانیت جو شاعر کے مزاج میں ہوتی ہے اپنی بیوی سے کہتی، دیکھو! اگر تم نہ مانو تو ہمارا جنازہ دیکھو۔ یہ ایک بڑی انفعالی رومانی کیفیت تھی جو واجد محسوس کرتا۔ یہ کہ وہ مر گیا ہے، اس کی بیوی نے چوڑیاں توڑ ڈالی ہیں، بال بکھرے ہوئے ہیں، لہریے دوپٹے کی جگہ سفید دوپٹہ ہے۔ بیوہ کا سوگ اور یہ کیفیت شاعری بن جاتی۔ اچھا جتنا ناز کرنا ہے کرلو۔ مگر جب ہم دنیا سے اٹھ جائیں گے تو کیا کرو گی؟ راتوں کو بستر سے اٹھ اٹھ کر آہیں بھرا کرو گی، پہروں اداس رہو گی۔ برسوں تمہارے چہرے کا رنگ اڑا اڑا رہے گا اور جب تم کو اس کا پورا احساس ہو جائے گا کہ مرنے والے واپس نہیں آتے تو رو رو کے مغفرت کی دُعا کرو گی۔

پھر ایک مرحلہ ایسا آتا کہ گھر، صحن کی غلیظ موری، دانت مانجھنے کے منجن سے چمکتے ہوئے دانت، جو سلک گہر تھے، در دندان تھے، سب کچھ تھے، سب مقابل معلوم ہوتے، حرف غلط کی طرح مٹتے ہوئے۔ حضرت سید بسم اللہ شاہ معروف، رہبر کامل، شیخ کا با جبروت چہرہ جلتے ہوئے آفتاب کی طرح سامنے آ جاتا۔ سوا نیزے پر آفتاب۔ جلال الدین رومی کے قلم سے دیوان شمس تبریز کی بارش ہونے لگتی۔ ایک ایسا عالم نظر آتا کہ دو جہاں کا حسن نظروں سے گرنے لگتا۔ کسی نے پہلے تو چراغ جلا کے دو جہاں کا حسن دکھایا پھر پھونک مار کے چراغ بجھا دیا۔ اب اس ظلمت میں نور ہی نور تھا۔ جمال ہی جمال۔ خود اپنی ہستی اس جمال کی نبض بن گئی اور دھڑکنے لگی۔ اپنی ہی ہستی شمع بن گئی اور جگمگ جگمگ کرنے لگی۔ کبھی بے خودی ہوتی، کبھی ہوش آتا اور وہ با جبروت، با شوکت چہرہ اپنی طرف کھینچ رہا ہوتا، اوپر کی طرف، افلاک کی سیر کو لے جانے کے لئے، مقامات کی جانب رہنمائی کے لئے۔

ادھر رہبر کامل، سید بسم اللہ شاہ معروف کا جلال بڑھتا جا رہا تھا۔ جوں جوں ان کا

جلال بڑھتا جارہا تھا۔ دیہاتیوں کے اعتقاد میں اضافہ ہوتا جاتا تھا۔ ایک عجیب بات یہ تھی کہ وہ کبھی واجد کو سخت سُست نہ کہتے۔ ایک مرتبہ بھی انہوں نے اسے نماز کی جماعت سے نہیں نکالا۔ یہ سب تھا مگر اپنے جلال کی اس زیادتی کی وجہ سے خود حضرت معروف کو اطمینان نہ تھا۔ انہوں نے تقویٰ میں بہت شدت کے ساتھ اضافہ کیا تھا۔ اکثر وہ ساری ساری راتیں جاگ جاگ کر اور درود و وظائف میں صرف کر دیتے۔ انہوں نے بجائے تکیے کے اینٹوں پر سر رکھ کے سونے کی مشق شروع کی تھی۔ اپنا کفن سلوا لیا تھا۔ خانقاہ میں بہت وقت صرف کرنے لگے تھے لیکن شادی کا چشمہ دفعتاً خشک ہو گیا تھا۔ جس طرح ان کی شاعری میں نشاط کی کیفیت منتقل ہو گئی تھی۔ جلال کی کیفیت منتقل نہ ہو سکی۔ وہ ایسا کلام زیادہ پڑھنے لگے تھے۔ جس میں جلال کا ظہور تھا، خواہ وہ کلام ائمہ تلبیس ہی میں سے کسی کا کیوں نہ ہو؟

نخل　شمیم　کہ　در　شعلہ　دود　ریشہ　ما

عافیت　سوز　بود　سایہ　اندیشہ　ما

سکینہ ان کی چھوٹی سی سالی ان کے سر میں تیل دباتی تو پہلے تو اس لمس سے نفس پر کوئی اثر نہ پڑتا۔ مگر بیوی کے انتقال کے بعد اس لمس میں ایک طرح کی کشش پیدا ہو گئی۔ یہ لڑکی کسی اور کی منکوحہ بھی تھی، میاں واجد کی۔ میاں واجد اب تصور شیخ کے مرحلے میں اپنے مرشد کامل کو سب ہی کچھ سمجھتے تھے۔ حضرت سید بسم اللہ شاہ معروف بجولوی کو اپنے تقویٰ پر بڑا اعتماد تھا۔ لیکن انہوں نے بایں سن و سال اپنی ہستی کے اندر نفس دوں کی شورش سنی۔ انہیں ایک گھنٹہ پہلے سے انتظار رہتا کہ اب تیل دبانے کا وقت آئے گا اور اب سکینہ آکر ان کے سر میں تیل دبائے گی۔ نازک نازک جواں نسوانی انگلیاں معلوم ہوتا تھا اندر ہی اندر ان کے دل میں گھسی جارہی ہیں۔ ان کی روشن پیشانی سے سجدوں کے

نشان مٹا رہی ہیں۔ پھر ضمیر ملامت کرتا کہ معروف یہ لڑکی تمہارے سامنے گھٹنیوں چلتی تھی۔ تم نے اسے اپنی گود میں کھلایا ہے۔ اپنی بیٹی کی طرح پالا ہے۔ کیا سالہا سال کا تقویٰ شیطان اپنی ایک جنبش ابرو سے مٹا دے گا۔ یہ سب تھا، مگر اب انہیں چوبیس گھنٹے تیل دابتے ہوئے نازک نازک ہاتھوں کا دھیان رہنے لگا۔ اس دھیان کو دل سے نکالنے کے لئے انہوں نے تقویٰ میں زیادتی شروع کر دی۔ اشراق اور تہجد پہلے بھی بہت کم ناغہ ہوتی تھیں۔ اب وہ ساری ساری رات اوراد و وظائف میں گزارنے لگے۔ مگر ایک ہیجان تھا جو ان کے اور توجہ قلب کے درمیان حائل تھا۔ انہیں اس کا اطمینان تھا کہ یہ ہیجان نفسانی نہیں لیکن اتنا ضروری تھا کہ سکینہ جو پہلے محض دختر تھی، اب نیم دختر نیم دلبر بن گئی تھی۔ اس عمر میں اور اس قدر زہد و اتقا کے بعد، طریقت کے ان تمام مراحل طے کرنے اور دوسروں کی رہنمائی کر چکنے کے بعد نسوانی شباب کا اس قدر اثر لینا یہ خود جہنم کی بشارت تھی۔ وہ لاکھ معشوق حقیقی سے لو لگانا چاہتے، سکینہ کی تیل دباتی ہوئی انگلیاں اس کی نازک حنا سے لال لال ہتھیلیاں، انگلیوں کی پوریں جن میں مہندی رچی ہوئی تھی، ان کے اور اس اعلیٰ عشق کے درمیان حائل ہو جاتیں جن میں پہلے کیف ہی کیف تھا، نشاط ہی نشاط تھا۔

پھر رفتہ رفتہ نیم دختر، نیم دلبر کی دلکشی محض مہندی رچی ہوئی پتلی پتلی انگلیوں کی دلکشی نہ رہی۔ اب سکینہ کی آواز کا اتار چڑھاؤ۔۔۔۔ اور اس کے سینے کا اتار چڑھاؤ دونوں قیامت ڈھانے لگے۔ شاعری کا سرچشمہ جو سوکھ چلا تھا۔ اس میں مجاز کی لہریں پیدا ہوئیں۔ حضرت معروف بجولوی نے کئی غزلیں لکھیں اور پھاڑ ڈالیں اور توبہ و استغفار کیا۔ لیکن سکینہ جب نظر آ جاتی، باورچی خانے میں، دستر خوان پر، تیل دباتے وقت اس کے سینے کا تموج ساری دنیا کو غرق کر دیتا۔ حالانکہ اس کا سینہ دوپٹے کی دوہری تہہ سے ڈھکا

رہتا۔ ان نسوانی آتش فشانوں کے تموج میں کوہ طور نظر سے اوجھل رہا تھا۔ حضرت کا جلال بڑھتا جارہا تھا، عبادت اور تقویٰ میں شدت ہوتی جارہی تھی۔ لیکن حضور قلب غائب ہوتا جارہا تھا۔ وہ خطرات کا الزام لگا کے اپنے مقتدیوں کو نمازیوں کی صف سے نکلوا دیتے لیکن ان کے اپنے دل میں خطرات کے سوااور کچھ نہ تھا۔

تصور شیخ کمال پر تھا۔ اب اگر سید بسم اللہ شاہ میں حقیقی رہنمائی کی صلاحیت باقی ہوتی یا اگر وہ حقیقی رہنمائی کر سکتے تو ان کا فرض تھا کہ واجد کے قلب میں اپنے تصور کو پاش پاش کر دیں اور توجہ کر کے اسے اعلیٰ مقامات کی سیر کرائیں۔ لیکن ان کی اپنی روح مفلوج ہو چکی تھی۔ معلوم نہیں انھوں نے اپنا تصور پاش پاش کرنے کی کوشش بھی کی یا نہیں۔ لیکن واجد کی گرویدگی کا یہ عالم تھا کہ اسے ساری کائنات اپنے مرشد کامل، اپنے شیخ کی نورانی صورت سے وابستہ معلوم ہوتی تھی۔ اسی سے تمام جذبے، تمام کیف پیدا ہوتے تھے۔ وہیں مناظر قدرت، گل و بلبل و دراج و سار، برشگال و بہار کا حسن انتہا کو پہنچتا تھا۔

اور پھر ایک دن آیا۔

فجر کی نماز کے بعد حضرت سید بسم اللہ شاہ خلاف معمول واجد پر برس پڑے۔ اسے مقتدیوں کی صف سے نکال دیا۔ ان کے جلال کا یہ عالم تھا کہ منہ سے کف جاری تھا۔ پھر جب انھوں نے نماز پڑھائی تو ان کی آواز میں حد درجہ رقت تھی۔ وہ نماز پڑھ کے بہت دیر وظائف پڑھتے رہے۔ گھر آئے بھی تو واجد سے بات نہ کی۔ ڈر کے مارے واجد نے ناشتہ ساتھ نہیں کیا اور اپنے پلنگ پر تکیہ میں منہ چھپائے روتا رہا۔ ظہر کے قریب حضرت سید بسم اللہ شاہ حوائج ضروری سے فارغ ہو کے، گھڑے سے وضو کے لئے لوٹے میں پانی بھر رہے تھے۔ اس نے دوڑ کے لوٹا ان کے ہاتھ سے لے لیا اور پانی بھرنے لگا۔ حضرت نے غصے کا اظہار نہیں فرمایا۔ خاموش رہے اس پر ہمت کر کے واجد نے ان کے قدموں پر

سر رکھ دیا اور پھوٹ پھوٹ کر رونے لگا۔ حضرت نے اسے اٹھا کے سینے سے لگایا۔ اس نے بھی وضو کر کے ظہر کی نماز ان کے ساتھ ادا کی اور اس کے بعد حضرت نے اسے اپنے سامنے بٹھا کے سمجھانا شروع کیا۔ "واجد! میں نے تجھے اوپر کھینچنے کی، اعلیٰ تر مقامات تک پہنچانے کی بہت کوشش کی۔ لیکن تیرا دل دنیا میں اٹکا ہوا ہے۔ تجھ میں طریقت کے راستے پر چلنے کی طاقت نہیں۔"

واجد روحانی دہشت اور ادب سے خاموش سنتا رہا اور حضرت کہتے رہے۔ "عشق حقیقی سے پہلے دنیا کی تمام محبتیں، آرزوئیں، تمام تعلقات مٹانا پڑتے ہیں۔ تجھ میں اس کی طاقت نہیں۔ تیرا دل اپنی بیوی میں اور اپنی جوانی میں اتنا الجھا ہوا ہے کہ تو طریقت کی راہ پر چلنے کے قابل نہیں۔"

معلوم ہوتا تھا کسی نے واجد کے دل کا چور پکڑ لیا۔ کیا یہ واقعہ نہیں تھا کہ اس کے حواس بیوی کے رنگین ملبوس، اس کی عطر میں بسی ہوئی جوانی میں اسیر تھے۔

اس نے کہا۔ "حضرت یہ واقعہ ہے۔ کوئی بات، میرے دل کی کوئی واردات آپ کی نظر سے پوشیدہ نہیں۔ مگر خدا کے واسطے مجھے بے یار و مددگار تنہا نہ چھوڑیئے میری مدد فرمایئے کہ کس طرح میں اپنے نفس کے اس جال سے چھوٹوں۔"

حضرت نے گردن جھکا لی ان کی آنکھوں میں ریا کی وہ غیر معمولی چمک نمودار ہوئی جو واجد کے سوا غالباً ہر ایک کو نظر آ جاتی۔ ان کے چہرے پر خون دوڑ گیا۔ ان کے گلے سے جو آواز پیدا ہوئی اس میں حیوانیت کا ذرا سا شائبہ تھا۔ لیکن واجد تو شیخ کے تصور کا غلام گردن جھکائے ہوئے اس کا منتظر تھا کہ حضرت کا اشارہ ہو اور وہ اپنی جان قربان کر دے۔

دفعتاً حضرت نے بزرگانہ اور مشفقانہ انداز سے اس کے سر کے بالوں پر ہاتھ پھیرا۔ معلوم ہوتا تھا اس لمس سے جنت کے دروازے کھل گئے۔ انہوں نے کہا۔ "میاں واجد

ایک صورت ہے مگر اس کے لئے بڑی نفس کشی اور بڑے صبر کی ضرورت ہے۔ تم اس امتحان میں پورے نہیں اترو گے۔"

"میں جان تک نثار کرنے کو تیار ہوں۔" واجد کی آواز میں بڑا جذبہ اور تاثر تھا اور اس کی آنکھیں اس جذبے کا اظہار کر رہی تھیں۔

"یہ قربانی جان! قربانی سے بھی زیادہ سخت ہو گی۔" حضرت کی آنکھوں کی چمک بڑھ گئی۔

"میں ہر قربانی کے لئے حاضر ہوں۔"

"تو سنو! تمہیں سکینہ کو طلاق دینا ہو گی۔ مگر میاں واجد یہ کافی نہیں۔ وہ اس گھر میں رہے گی۔ ظاہر ہے اس کا اور کون ہے اور وہ کہاں جاسکتی ہے۔ وہ طلاق کے بعد بھی کہیں اسی میں تمہارا دل نہ اٹکا رہے۔ اس لئے عدت کے زمانے کے فوراً بعد اس کا نکاح ثانی ضروری ہے۔ اگر کسی اور سے نکاح ہو تب بھی تمہارے دل سے مجازی عشق کی خلش نہیں جائے گی۔ وصل جب فراق بن جاتا ہے تو اور زیادہ مہلک ہو جاتا ہے۔ محض تم کو اس عذاب سے بچانے کے لئے میں تیار ہوں کہ عدت کے بعد سکینہ سے نکاح کر لوں ---"

معلوم ہوتا تھا کہ میاں واجد پر بجلی سی گری۔ یہ بجلی اور سب کچھ جلا گئی، لیکن تصور شیخ اپنی جگہ قائم تھا۔

"میں بوڑھا ہوں۔ میرے لئے ہوس کا زمانہ گزر گیا۔ میں اپنے نفس کو بیس برس پہلے مار چکا ہوں۔ میرا نکاح تمہیں دنیا کے پھندے سے نجات دلانے کا محض ایک وسیلہ ہو گا۔ میں تمہاری خاطر یہ قربانی کرنے کو تیار ہوں۔ محض تمہاری خاطر۔ اس کے سوا اور کوئی صورت نہیں۔ تمہیں میری جگہ سجادہ نشین ہونا ہے اور تمہاری اصلاح اتنی مشکل

ہے۔ یہی ایک صورت باقی تھی اور یہ میں نے بیان کر دی۔"

میاں واجد کی ہستی کا ذرہ ذرہ اس برق سے جل اٹھا تھا، جو ان پر کچھ عرصہ پہلے گری تھی۔ یہ برق اس کے نفس دوں کو جلا گئی تھی۔ اب تحت الثریٰ سے ثریا تک شیخ ہی کا تصور تھا زہے قسمت کہ اس کی نجات اور فلاح کے لئے شیخ نے خود یہ قربانی قبول کی تھی۔ وہ شیخ کے قدموں پر گر پڑا اور کہا۔ "حضرت جو آپ کا حکم ہو۔ مجھے بسر و چشم منظور ہے۔ میں آپ کے حکم کی بناء پر اپنی بیوی کو تین بار طلاق دیتا ہوں۔"

اس روحانی لین دین میں کسی نے بچاری سکینہ سے نہیں پوچھا کہ اس کی مرضی کیا ہے۔ سب بھول گئے کہ وہ بھی جاندار ہے اور اخلاق اور شریعت نے اسے بھی کچھ حق دیا ہے۔ پہلی طلاع اسے یہی ملی کہ واجد نے اسے طلاق دے دی ہے۔ اس کے لئے مسئلہ بہت سیدھا سادا تھا۔ وہ طریقت کے پیچ و خم اور تصور شیخ کے طلسمی اثر سے ناواقف تھی۔ اس کے نزدیک واجد، بد شکل اور چیچک رو نہیں بلکہ دنیا کا سب سے حسین آدمی تھا۔ کیونکہ وہ جوان تھا اور اس کے جسم کو اس نے اپنے قبضے میں لیا تھا۔ حضرت سید بسم اللہ شاہ معروف بوڑھے تھے۔ اس نے انہیں کبھی مرد سمجھ کے دیکھا نہیں تھا۔ جب سے اس نے ہوش سنبھالا تھا وہ انہیں دولہا بھائی کہتی آئی تھی۔

یہ انقلاب، یہ لین دین، یہ روحانی خرید و فروخت جو اس کے نزدیک محض جسمانی خرید و فروخت تھی اس کی سمجھ میں نہیں آئی۔ رات بھر واجد اندر نہیں آیا اور وہ آتا کیسے۔ سکینہ اب اس کے لئے نامحرم تھی۔ لیکن رات بھر وہ بھی روتا رہا اور فجر کی نماز کے لئے حضرت کے ساتھ خانقاہ نہ جاسکا۔ سکینہ صبح کو اس کے کمرے میں گھس آئی اور اس کے گلے میں بانہیں ڈال دیں۔ میرے پیارے، میری جان! تمہیں کیا ہو گیا۔ کہیں شریفوں میں آج تک طلاق ہوئی ہے۔ اس بڈھے کا جنازہ نکلے۔ وہ اپنی حرص میں تم کو مجھ

سے چھڑانا چاہتا ہے۔"

واجد نے اس کے ہاتھ اپنے گلے سے ہٹا کے اسے دھکیل دیا۔ "سکینہ کیا بک رہی ہو۔ تمہیں حضرت کے متعلق کہتے ہوئے شرم نہیں آتی۔ تمہاری آنکھ کا پانی بالکل مر گیا ہے۔ اب میں تمہارے لئے نامحرم ہو۔ تمہیں میرے سامنے بھی نہ آنا چاہئے تھا۔ صبر کرو، جو کچھ ہے خدا کا حکم ہے۔"

کچھ ایسی بیدردی سے واجد نے اسے دھکیلا تھا کہ وہ دیوار سے لگی روتی رہی۔ لیکن جب واجد کمرے کے دروازے سے باہر جانے لگا تو وہ راستہ روک کر کھڑی ہو گئی۔ "میں تو تمہیں نہ جانے دوں گی۔ تم میرے شوہر ہو۔ میں بھی دیکھتی ہوں کون مجھے تم سے چھڑا سکتا ہے۔ میں زہر کھا کے مر جاؤں گی۔ مگر اس بڈھے کھوسٹ سے شادی نہ کروں گی۔"

واجد نے اسے للکار کے ڈانٹا۔ "خبردار مردار اگر تو نے حضرت صاحب کو کچھ کہا۔ ہٹ مجھے جانے دے۔"

اور وہ سہم کے ہٹ گئی۔ واجد کمرے کے باہر نکل آیا مگر اب کوہ طور بھی نظروں سے اوجھل ہو گیا تھا۔ سکینہ نے حضرت سے جو بدتمیزی کی تھی۔ اس پر دو تین منٹ خون کھولا کیا۔ پھر کسی نے دفعتاً بحر منجمد شمالی کو اس کے خون میں حل کر دیا۔ طریقت، سیر افلاک مقامات، جذب، کشف، سلوک، توجہ کے تمام راستے بند ہو گئے تصور شیخ بے شک باقی رہا۔ لیکن اس کے ساتھ ہی سکینہ کی صورت تھی۔ مظلوم، بے کس، بے بس، روحانی شاعری اور کیف کا دروازہ بند ہوا۔ مجازی شاعری کا دروازہ کھل گیا، وصل کا نہیں، فراق کا۔ "میں تو تمہیں نہ جانے دوں گی۔ تم میرے شوہر ہو، میں بھی دیکھتی ہوں، کون مجھے تم سے چھڑا سکتا ہے۔"

بے خبر چیچک رو نوجوان جو اب تک اپنی بیوی کی جوانی اور اس کے لہریں دوپٹہ کی

ترنگ میں شاعری کرتا تھا، اس کو کبھی یہ خیال بھی نہیں گزرا تھا کہ بیوی بھی جاندار ہے اور وہ بھی محبت کر سکتی ہے اور اب تک اس کو روایتی "حسن" کا مظہر سمجھتا تھا اور عشق کو اپنی میراث سمجھے بیٹھا تھا جس کا رخ وہ جدھر چاہے پھیر دے مجاز کی طرف یا حقیقت کی طرف۔ اسے جدائی کے لمحے میں سکینہ کے "حسن" کی بغاوت اس کی بے بسی، اس کا عشق یاد آگیا اور شعر کا سرچشمہ جاگ اٹھا۔ اسے پہلی مرتبہ احساس ہوا کہ اس سے محبت کی گئی ہے۔ وہ محض عاشق نہیں محبوب بھی ہے۔ کوئی چشم تر اس کے لئے بھی رو رہی ہے۔ اس کے لئے کوئی زلف پریشاں اور الجھی الجھی تھی۔ کسی کے نفس کا زیر و بم اسے بلا رہا تھا۔ کسی کی نظریں اس کی منت کر رہی تھیں۔ اس کی طلب میں کوئی اپنی گھٹی ہوئی تربیت بھول کے لغزش کر رہا تھا۔ کوئی اس کی آنکھوں میں آنکھیں ڈال کے اور پھر چاروں طرف دیکھ کے آہیں بھر رہا تھا۔ یہ آنکھیں خشک ہو جائیں گی۔ مگر جب اس کی یاد آئے گی۔ ان سے آنسوؤں کا سیلاب ابل پڑے گا۔ جوش غم، جوش حیا پر بھاری تھا۔ نازک نازک شفاف سینہ نالوں سے زیرو زبر تھا۔ ایک آغوش خالی تھی۔ جو اس کے آغوش کے لئے بے تاب تھی۔ خدنگ نظر، در دنداں، شعلہ رخ، تیر مژگاں، لب لعلیں سب میں معشوقانہ علامات عاشقانہ صفات بن گئے تھے۔ آنکھوں سے شبنم آگ بن کے ڈھلک رہی تھی اور حسن کا دل دھڑک رہا تھا اور آخر میں حسن کی وہ شکست، وہ تلوار کی دھار جس کا نام فراق ہے جس سے مفر نہیں۔

اور اس کے بعد اندھیرا ہی اندھیرا۔

وہ نسوانی کشش کی شمع گل کر کے کوہ طور کی طرف بڑھنا چاہتا تھا۔ لیکن وہ جس نے کوہ طور بنایا ہے، اس نے ہمیشہ کے لئے اسے نظروں سے اوجھل کر دیا اب ایک کی جگہ دو مورتیں تھیں۔ دونوں ایک دوسرے کی ضد ایک مرشد کامل کی صورت، تصور شیخ اور

دوسرے سکینہ کی آنسوؤں میں ڈوبی بے بس صورت اسے روکتی ہوئی۔ ان دونوں کی مقناطیسی کشش برابر برابر تھی۔ وہ نہ ادھر جا سکتا تھا نہ اُدھر، اور اس کے لئے ایک ہی راستہ باقی تھا اس گھر سے باہر ان دونوں کی پرستش میں ان دونوں سے دور۔

اس آپ کی زمیں سے الگ آسماں سے دور

اس نے جلدی جلدی دو تین جوڑے کپڑے نکالے۔ کچھ روپے اس کے پاس تھے وہ جیب میں ڈالے اور گٹھڑی پیٹھ پر لاد کے چل کھڑا ہوا۔ تین کوس پر ریلوے اسٹیشن تھا۔

میاں گھسیٹے راستے میں ملے اور انہوں نے پوچھا بھی۔ "میاں کا بھوا۔ کاہے اتے سیر سیرے اسٹیشن جات؟ ہم تم کا پہنچائے آئیں؟"

اس نے آنسو روک کے انکار میں سر ہلایا اور آگے بڑھ گیا۔

بیس برس گزر گئے۔ اس درمیان میں اس نے پنجاب کے ایک شاعر اقبال کا بھی ذکر سنا اور اس کا کلام بھی جستہ جستہ پڑھا۔ لیکن اس شعر کے معنی اس کی سمجھ میں نہیں آئے۔

کٹ مرا ناداں خیالی دیوتاؤں کے لئے
سکر کی لذت میں تو لٹوا گیا نقد حیات!

ایسے شعر پڑھ کے وہ کہتا۔ "ارماں! ان پنجابی ڈھگوں کو کبھی شاعری نہیں آئے گی۔" اس کے برخلاف حضرت معروف بجولوی کا ایک ایک شعر اس کے لئے حرز جاں تھا۔ ایک مرتبہ گھر سے نکلنے کے بعد پھر وہ کبھی ان کے سامنے نہیں آیا۔ کسی شہر میں وہ ہوتا اور حضرت آنے والے ہوتے۔۔۔ یوں تو حضرت درگاہ شریف کو چھوڑ کر باہر جاتے ہی بہت کم تھے۔۔۔ تو وہاں سے چل دیتا۔ لیکن اس نے گھر سے نکلنے کے کچھ ہی

روز بعد بڑا درد میں ڈوبا معذرت نامہ لکھا اور حضرت نے اسے تہہ دل سے معاف فرمادیا یہ بھی لکھا کہ "ہدایت من جانب اللہ ہے۔ کسی کو نصیب ہوتی ہے کسی کو نہیں۔ ہدایت تمہاری قسمت میں نہیں تھی۔"

اس بیس برس کے عرصے میں شاعری میں اس کا اپنا نام حضرت معروف بجولوی کے برابر ہی برابر مشہور ہو گیا۔ اس کی شاعری تھی۔ رندی اور بے نام، بے مقصد عشق کی شاعری۔ ہر جگہ حسن کی پرستاری۔ حسن کے "عین" کی پرستاری۔ ایسا معشوق جو ہر معشوق میں موجود ہے اور اس کا اپنا بجز غزل اور جذبہ شعر کے کہیں مقام نہیں۔

وہ شراب پیتا رہا حافظ کی طرح غالب کی طرح۔ یار لوگوں نے کہا کہ اس کے شرب مدام کے دھوکے میں نہ آنا۔ اس نے بھی پیالے میں عکس رُخ یار دیکھا ہے۔ وہ خود بھی شک کے عالم میں تھا۔ ممکن ہے ایسا ہو۔ کون کہہ سکتا ہے کہ اس کے عشق میں حقیقت کس قدر ہے اور مجاز کس قدر۔ خبر کس قدر ہے اور بے خبری کس قدر، بے خبری بہر حال زیادہ تھی اور ایک حد تک افسردئہ انگور تھی۔ یہ نسخہ شاعروں کے لئے افیون سے کسی قدر افضل ہے اور اس سے حسن کی عجیب عجیب کیفیتیں نظر آتی ہیں۔

دہر جز جلوہ یکتائی معشوق نہیں

یار لوگوں نے غالب کو صوفی بنا دیا تو پھر واجد کی شاعری کو کیوں حسن حقیقت یا حقیقت حسن کا پرتو نہ سمجھا جائے۔ پھر اس نے غالب سے زیادہ "ترنم" سے حسن حقیقت کا مشاہدہ کیا تھا۔ شراب میں مدہوش ننگ دھڑنگ سر اور پیر کا ہوش نہیں صرف حسن حقیقت سامنے تھا۔ شعری ترنم، قافیوں، بندشوں، استعاروں اور ترکیبوں سے جھلکتا ہوا حسن حقیقت۔ حسن ہر طرف سے امڈ چلا آتا تھا۔ نظر نظر میں، نفس نفس میں سماجاتا تھا۔ ایک پردہ اٹھتا تھا تو لاکھوں پردے گرتے تھے۔ لیکن یہ حسن بہر حال بے جہت تھا۔ کبھی

ادھر سے نمایاں ہوتا کبھی ادھر سے۔ اس حسن حقیقت نے انسان کو الوہیت بخشی، ملکوتیت بخشی، کیف دیا، سرمستی دی۔ سب کچھ سکھایا انسان بنانا نہ سکھایا۔ ادھر سے آنسو بہہ رہے تھے، ادھر سے آنسو بہتے رہے اور دور سالہا سال کے اس پار مرشد کامل حضرت معروف بجولوی کا شاندار پر نور چہرہ اور اس کے پاس ہی سکینہ کا بے بس، محبت میں اور نفرت میں بے بس چہرہ، سب ایک خلائے پر نور میں حل ہو جاتے۔ کئی سال ہوئے حضرت معروف بجولوی کی سکینہ سے شادی ہو چکی تھی۔ لیکن کیا ان دونوں کا وصل ان دونوں سے اس کا اپنا روحانی وصل نہیں تھا۔ اسے تمام عالم ایک ہمہ گیر مسلسل آغوش معلوم ہوتا زندگی آغوش در آغوش معلوم ہوتی۔ جیب میں اگر دام ہوتے تو وسکی ورنہ دیسی ٹھرا۔

اس کا کوئی خاص پیشہ نہ تھا اس نے کئی پیشے اختیار کرنا چاہے۔ مگر شاعری کے سوا اور کسی پیشے میں کامیاب نہ ہو سکا۔ مشاعروں کے لئے سیکنڈ کلاس کا کرایہ اور کبھی کبھی معاوضے کے روپے آجاتے، پچاس سے لے کر ڈھائی سو تک۔ یہ زیادہ تر شراب پر خرچ ہو جاتے۔ کبھی بچ جاتے تو کوئی دوست زبردستی کپڑے بنوا دیتا۔ اس کا اپنا کوئی مکان نہ تھا۔ یوپی بھر میں ایک شہر سے دوسرے، ایک قصبے سے دوسرے قصبے، ایک گاؤں سے دوسرے گاؤں۔ وہ کسی نہ کسی کا مہمان ہو کے ہفتوں مہینوں رہتا۔ پھر میزبان یا اس کے نوکروں کی کوئی بات ناگوار خاطر ہوتی اور کہیں سے پیسے آجاتے تو وہ چل دیتا۔

بیس سال بیت گئے حضرت معروف بجولوی کا انتقال ہو گیا۔ وہ ہفتوں روتا رہا اور بالآخر سب کے کہنے سننے سے ان کے مرقد مبارک کی زیارت کے لئے اس نے بجولی شریف کا ارادہ کیا۔ وہ گھر نہیں گیا۔ جہاں سکینہ تھی۔ سیدھا خانقاہ شریف پہنچا۔ اپنا مختصر سا سامان ایک حجرے میں رکھوایا۔ غسل کیا۔ عطر لگایا، پہلے درگاہ شریف میں فاتحہ

پڑھی۔ پھر اپنے مرشد کامل حضرت سید بسم اللہ شاہ معروف کی قبر پر حاضر ہوا وہاں پہنچنا تھا کہ زندگی کے آثار معلوم ہوئے۔ وہی رعب دار نورانی چہرہ سامنے تھا، تصور شیخ، کوئی اسے گلے لگا رہا تھا اور کہہ رہا تھا۔ "میں نے تیری تمام نالائقیوں کو معاف کیا۔" بے تاب ہو کے وہ مرقد سے لپٹ کے رونے لگا۔ جس پر حال ہی میں گچی کا منقش کام ہوا تھا اور نئی نئی ہری چادر چڑھائی گئی تھی۔

وہ اتنا رویا، اتنا رویا کہ اس کی آنکھیں سرخ ہو گئیں۔ پھر وہ اٹھا، میاں گھسیٹے نے کہا۔

"بھیا! بی بی بلاوت ہیں۔ تھکے ماندے اتے برس بعد گھر آئے ہو۔ جرا کھانا کھائے لو۔"

اس نے انکار کیا، کہا حضرت کے مرقد کی زیارت کر لی۔ اب واپس جاؤں گا۔ میری طرف سے سلام عرض کر دینا۔ مگر میاں گھسیٹے کے ساتھ سکینہ کا پیغام پھر آیا۔ آخر تم میرے ماموں زاد بھی تو ہوتے ہو۔ ایک وقت کا کھانا کھاتے جاؤ تو کیا بگڑ جائے گا۔

وہ گھر آیا باہر کا صحن طے کر کے، اس نے ٹاٹ کا وہ پردہ اٹھایا جو زنانے دروازے پر پڑا رہتا ہے۔ صحن کی موری کے قریب بیچ آنگن میں سکینہ کھڑی تھی۔ اس کے بالوں پر سفیدی غالب آ چکی تھی۔ اس سفیدی پر دھوپ جگمگ جگمگ کر رہی تھی۔ فراق کی گھڑی کی وہ بے تابی اور بے قراری نہیں تھی۔ اس کی جگہ ایک ایسا غم تھا جو بیس سال تک دل کی گہرائیوں میں بس چکا تھا۔ لیکن اس ضبط کے پیچھے اب بھی نظر بے قرار تھی، ہونٹ کانپ رہے تھے، آنکھوں سے خاموش آنسوؤں کا سیلاب بہا چلا جا رہا تھا۔ سر سے قدم تک رعشہ تھا، لرزش تھی۔ یہ وہ رومانی تصویر تھی جو واجد کو اپنی شادی اور شاعری کے زمانے میں اکثر نظر آیا کرتی۔ وہ زندہ تھا، مگر سکینہ آنسو بہا رہی تھی اور باوجود اس تمام عقیدت کے جو تصور شیخ سے وابستہ تھی۔ ایک لمحہ کے اندر واجد پر یہ منکشف ہو گیا کہ یہ آنسو، یہ رعشہ، یہ لرزش سب اس کے لئے ہے۔ حضرت معروف بجولوی مرحوم

کے لئے نہیں۔

ایک بار پھر عدت کا زمانہ گزرا ایک بار پھر سکینہ سے اس کا نکاح ہوا اور وہ سنبھل گیا۔ اس کی رندی ذرا ذرا کم ہوئی۔ اس کی شاعری میں نشاط اور کیف کی کیفیت پھر سے پیدا ہوئی۔ سکینہ کے منع کرنے اور اس کی زبردستی کے باوجود شراب پھر بھی چوری چھپے پی ہی لیا کرتا۔ کیونکہ کہتے ہیں۔

چھٹتی نہیں ہے منہ سے یہ کافر لگی ہوئی

***

عزیز احمد کے فن پر ایک کتاب

عزیز احمد کی ناول نگاری
کا تنقیدی مطالعہ

مصنف : ڈاکٹر محمد اسلم فاروقی

بین الاقوامی ایڈیشن منظر عام پر آچکا ہے